Du même auteur aux éditions Bookless :

Quelqu'un d'autre – roman, juin 2017
Petit pont – roman, juin 2018
Le disque dur – roman, janvier 2021
L'emploi du temps – roman jeunesse, janvier 2022

Cédric Le Calvé

Trois millions…
ou presque

1

Entre deux foulées lourdes, Benjamin regarda sa montre. Cela faisait 13 minutes qu'il avait enclenché le chronomètre et il n'était pas encore arrivé au bout du sentier. Il lui restait au bas mot 200 mètres de dénivelé à avaler, une dernière portion qui se présentait sous la forme d'une longue ligne droite légèrement inclinée. Il tenta, dans un sursaut d'orgueil, d'accélérer l'allure. Il enchaîna ainsi sept à huit pas cadencés, telle une marche militaire, avant de renoncer, rattrapé par la triste réalité. C'était toujours comme cela avec la course à pied, l'entrée en matière se révélait déterminante, et il était presque impossible de remonter le temps perdu. Une entame mollassonne vous aiguillait vers un train de sénateur qu'il était difficile d'abandonner, alors qu'une attaque déterminée, même si elle n'était pas toujours menée à son terme, valait quand même la récompense d'un temps honorable. Là, avec ces treize minutes bien entamées, il n'y avait déjà plus rien à espérer. Benjamin reprit donc son allure initiale, celle du convoi exceptionnel, aujourd'hui, c'est sur ce rythme paresseux qu'il terminerait. Mais il n'avait pas envie de s'accabler plus que de raison, la journée avait été difficile à l'usine : un paquet de commandes à honorer et une cadence soutenue à l'atelier de production avaient consumé l'essentiel de son énergie. Et si ce soir il avait choisi de sortir ses baskets du placard, c'était d'abord pour se vider la tête, pas pour effacer des tablettes son dernier record sur la distance. Cette sortie au grand air était aussi l'occasion de goûter le retour des beaux jours, parce que le printemps, par petites touches, avait commencé à faire son nid. Les journées s'allongeaient et les givres matinaux étaient moins tenaces. Autre signe qui ne trompait pas, les boulistes avaient réinvesti la place de la fontaine après une longue période d'hibernation. Ils se retrouvaient maintenant en fin d'après-midi autour du petit bar et jouaient jusqu'à ce que la fraîcheur les chasse, c'est-à-dire dès que le soleil partait se cacher derrière la montagne. L'altitude ordonnait ces brusques variations de température. Perché sur un promontoire de 800 mètres, le village vivait dans un microclimat, toujours un peu en décalage avec celui de la plaine.

Enfin parvenu à la ferme des Jacomots, Benjamin amorça son demi-tour. Son cœur battait la chamade et son T-shirt blanc était déjà humide de sueur. Les rayons du soleil couchant accompagnèrent sa lente rotation. Il ne regarda même pas sa montre, pas la peine d'alimenter d'inutiles espoirs. Il se contenta de se laisser porter par le faux plat descendant, c'était quand même plus facile dans ce sens-là. Il profita du relief favorable pour jeter un œil à la route départementale que longeait le sentier. Il repéra le feu de chantier tricolore qui chaque matin annonçait une nouvelle journée de labeur. Il détailla aussi la colline verdoyante posée dans son dos. Les châtaigniers n'allaient plus tarder à fleurir et il se dit qu'il pourrait bientôt emmener Tiffany se balader dans les sentiers. Elle avait grandi et pouvait marcher davantage à présent. Il profita du devers favorable pour allonger un peu sa foulée, mais ce fut dans la crispation, le souvenir du départ de l'enfant ravivait une plaie à nue, encore impossible à cicatriser.

À l'approche de l'impasse, il se força à terminer au sprint, peut-être pour se donner l'illusion d'un dernier coup de pied à la vie. Mais lorsqu'il stoppa le chronomètre, le verdict fut sans appel : 31 minutes et 49 secondes, c'était un temps à lui faire regretter d'avoir voulu s'étalonner. Mains sur les hanches, il longea la bâtisse en vieilles pierres, il tentait de retrouver son souffle. Il s'étira ensuite quelques minutes devant la porte de son appartement, en veillant à alterner les positions fléchies, puis lorsqu'il décida de rentrer, il fila directement à la salle de bains pour s'offrir une douche réparatrice. Avant de passer sous le jet, il extirpa la balance du petit meuble blanc situé sous l'évier et monta cérémonieusement dessus. Mais les chiffres s'étaient ligués contre lui aujourd'hui. L'aiguille se fixa sur le nombre 89, et malgré quelques gesticulations de l'examiné, et deux nouvelles tentatives, elle ne bougea pas d'un cil jusqu'à ce que ce dernier ne se résolut à descendre de son piédestal. Travailler dans une usine où l'on fabriquait des tonnes de crème de marrons vous octroyait l'avantage de pouvoir emporter certains pots abîmés à la fin de la semaine, mais aussi avec eux, la probabilité de générer quelques lignes superflues autour des hanches. Benjamin demeura quelques secondes devant la glace pour mesurer l'étendue des dégâts. Il avait toujours cette bouée disgracieuse autour du ventre qui enflait dangereusement par endroits. Elle lui permettrait de flotter facilement en zone de turbulence si d'aventure il décidait un jour d'affronter les vagues de l'Océan Atlantique. Il saisit le bourrelet à deux mains et le palpa sans retenue, laissant ici et là des empreintes de doigts rougies. Il en fit lentement le tour avant de lâcher prise et qu'il ne s'éparpille autour de son minuscule nombril. Ce n'était pas fini. Dans le reflet de la glace murale, deux joues bien remplies et des fesses rebondies complétaient le tableau à la Botero, on pouvait dire que c'était un homme à arrondir les angles, ce qui n'était pas faux. Après cet état des lieux implacable, il replaça le pèse-personne dans le petit meuble, mais sans animosité. D'accord le verdict était sans appel, mais personne ne pouvait lui enlever le bénéfice de la lutte. Ces dernières semaines, il avait appris à réguler son souffle et à produire de longues accélérations. En certaines occasions, il avait même fait preuve d'endurance. C'était tout de même à mettre à son crédit, même si pour le moment, l'aiguille de la balance refusait de matérialiser l'ensemble de ces efforts.

Sous la douche, il se délecta des longs filets d'eau chaude, c'était sa petite récompense. Une fois séché, il enfila un vieux bas de survêtement et se dirigea d'un pas décidé vers la cuisine. Il avait faim à présent. Il sortit du réfrigérateur une grosse part de pizza, une boite de fromage blanc et s'empara d'un pot de crème de marrons à demi entamé. Sa main s'attarda sur la clayette en verre à peine fraîche. Il vérifia le thermostat, déjà réglé sur le niveau 5, et décida de le monter à 6, curseur maximal. Le moteur réfrigérant s'enclencha avec quelques grincements inquiétants, l'appareil n'allait plus tarder à rendre l'âme. Cela faisait déjà quelques mois qu'il luttait bruyamment pour produire un peu de froid, Benjamin ne le voyait pas résister aux prochaines chaleurs de l'été. Le micro-ondes dans lequel il venait de placer la part de pizza n'était pas dans un meilleur état. À dire vrai, la lutte contre les éléments se poursuivait jusque dans ces murs. L'appartement était humide du fait de la proximité de la rivière et les papiers peints avaient décoloré par endroits, prenant d'inquiétantes colorations gris clair. Toutes les pièces auraient mérité une bonne rénovation. Objectivement, si ce n'est son loyer modique, ce logement présentait peu d'intérêt. Il était mal isolé et ne possédait aucun extérieur, ni balcon ni jardin. Il offrait tout de même deux chambres, dont l'une était orientée au sud. Benjamin avait réservé celle-ci à Tiffany. C'était également la mieux meublée, avec des éléments achetés à Ikéa, pas très chers, mais neufs. C'est tout ce qu'il avait pu offrir à sa fille. Le reste du mobilier était plus ou moins issu de la « récup », la table basse du salon rapportée d'un dépôt-vente à Aubenas, les quatre chaises en osier dénichées sur un vide-grenier à Vals-les-Bains, l'essentiel de l'électroménager, presque dix ans d'âge, cédé sans contrepartie par Germain, quand ce dernier avait refait sa cuisine. C'était du bric-à-brac qui lui permettait de fonctionner à minima en attendant des jours meilleurs.

Il prit place dans le canapé clic-clac, et dans un même geste, alluma la télévision, croqua dans sa part de pizza, et déplia ses jambes. Ses soirées commençaient souvent ainsi, par un repas vite ingurgité face à l'écran scintillant. Il chercha un programme pour se vider la tête, en trouva facilement sept ou huit, choisit le plus léger, et se laissa emporter par le flot d'images en se resservant régulièrement des verres de coca zéro.

Le lendemain, lorsque le réveil sonna à 4 h 10, il mit plusieurs minutes avant d'émerger de son lit. Il n'était généralement pas long à se mettre en route, mais hier soir, il avait encore tardé à couper le téléviseur. Sur la table basse du salon traînaient encore le pot de laitage vide et les croûtes sèches de la quatre fromages. Son café bu, il fit un brin de toilette dans la salle de bains puis prépara rapidement sa gamelle pour le repas de midi. Il rejoignit ensuite sa voiture garée en contrebas. Le jour n'était pas encore levé. Il enclencha les feux de croisement, puis remonta l'impasse sur une vingtaine de mètres. Après le pont en pierre, il tourna à gauche et prit la direction d'Aubenas. Il roula un kilomètre sur la départementale avant d'être stoppé par un feu tricolore qui se dressait à la lisière du bois, tel un phare immobile dans la nuit noire. Cela faisait presque un mois qu'il subissait les caprices de cet hôte singulier, en fait depuis que les travaux avaient débuté sur le nouveau tronçon. Chaque fois qu'il se trouvait confronté au cercle rouge, il se demandait s'il devait vraiment marquer l'arrêt ou s'autoriser l'infraction. On ne circulait plus que dans un sens sur environ deux cents mètres. L'ennui, avec ce virage prononcé qui suivait la signalisation, c'est qu'il était impossible de deviner si quelqu'un venait en face, mais un statisticien averti aurait sans doute considéré qu'il avait plus de chance de gagner au loto que de croiser un autre véhicule, dans cet endroit-ci de l'Ardèche, à cette heure avancée de la nuit. Aussi, Benjamin s'engagea sans trop d'hésitation sur la chaussée déformée par les gravats, et évidemment, ne rencontra personne. Il parcourut en dix petites minutes le reste du trajet. Il gara ensuite sa voiture sur le parking de l'usine puis retrouva dans les vestiaires le trio d'hommes qui partageait régulièrement son quotidien. Il y avait Francis, le chef d'atelier, et ses deux yeux noirs perçants, Germain, le doyen, son généreux donateur en électroménager, et enfin Kevin, le nouvel arrivant, pas très fiable question rendement, mais toujours souriant, ce qui n'était pas ici une moindre qualité. Francis fit rapidement la distribution des rôles. Benjamin partit au conditionnement où les rotatives tournaient encore à bas régime. Sa tâche était simple. Au bout de la chaîne, sur les convoyeurs à bande, des pots cylindriques remplis de crème de marrons arrivaient par lots de six. Benjamin devait les empaqueter dans des cartons rigides aux bords ouverts. Grâce à l'aide des machines, quatre gestes précis suffisaient pour réaliser l'assemblage, mais il fallait répéter l'opération dix fois par minute. Et encore, il s'agissait de la moyenne basse. Il ne valait mieux pas projeter ce que cela représentait à plus grande échelle. Une fois il avait essayé, avec l'aide d'une calculatrice et pour un seul mois, il avait rapidement obtenu un nombre à six chiffres et avait préféré arrêter là ses mesures savantes. C'était aussi déprimant qu'inutile.

Ce matin-là, il attendit patiemment le relais de Germain. Et lorsqu'à 9 heures, Francis décréta le changement de poste, il put souffler quelques instants avant de partir au nettoyage des cuves. La tâche était plus physique, elle nécessitait énergie et souplesse, mais au moins le laissait-elle libre de certains de ses mouvements. À la pause déjeuner de 11 heures, il rejoignit l'équipe dans la petite salle rectangulaire qui jouxtait les vestiaires. Tous les gars sortirent un sandwich de leur besace, à l'exception de Francis qui réchauffa une portion de gratin dauphinois au Micro-ondes. Attablés en silence, les quatre hommes avalèrent leur pitance dans une gestuelle presque aussi mécanique que celle qui régissait leur quotidien. Ce n'est qu'à la fin du repas, une fois ses tranches de pomme de terre terminées et saucées que Francis se décida à prendre la parole. Avec ce mode injonctif qui pointait souvent au bout de ses phrases.

— Dis Germain, il faudra se décider pour les deux samedis du mois de mai.

— Ça ne me dérange pas, répondit l'ancien en dévissant son thermos de café.

— Bon, je t'inscris alors.

Benjamin, de trois quarts dos, sembla se réveiller à cette annonce. Il n'avait pas anticipé une planification si rapide. Les gars avaient dû en parler dans son dos. Il prit sur lui pour briser l'entente qui venait d'être passée.

— C'est que moi aussi j'étais volontaire, dit-il en se retournant. Je pourrai peut-être en faire un des deux.

— Bon, mettez-vous d'accord, fit Francis, un peu contrarié. Mais à l'ancienneté, c'est Germain qui est prioritaire, ajouta-t-il pour prévenir tout conflit à venir.

Le doyen, sa tasse à la main, considéra son jeune collègue recroquevillé sur son pot de crème de marrons. Il connaissait certaines de ses difficultés.

— Tu en as besoin de ces heures sup ?

— Ça me dépannerait, oui.

— Je peux te laisser les deux samedis. Moi, c'était juste pour rendre service.

— Qu'est-ce qu'on fait alors ! s'impatienta Francis.

— Tout doux, répliqua Germain. Kevin, tu veux en faire un toi ?

— Combien c'est payé ? demanda le dernier venu.

— Tarif habituel majoré de 25 %. Plus la prime weekend. Ça te fait environ 45 euros de plus sur la journée.

— Bof, grimaça Kevin, c'est pas le pactole.

Benjamin poussa intérieurement un ouf de soulagement. Le jeune freluquet, qui avait du mal à tenir la cadence, lui laissait le champ libre. Non sans avoir moqué le maigre pécule rattaché à ces samedis de labeur supplémentaire. Benjamin aussi aurait aimé pouvoir lancer ce genre de « Bof », mais il n'en avait plus les moyens.

— Bon, inscris Ben pour les deux jours, trancha Germain.

— Je veux pas te priver, protesta ce dernier pour la forme.

— Ne t'inquiète pas, j'ai tout ce qu'il me faut. Maison payée, enfants casés. Tu en as plus besoin que moi. Mais n'oublie pas de réclamer la prime du week-end, ils ont

une fâcheuse tendance à l'oublier sur la fiche de paie.
— Ça risque pas ! fit Benjamin en rangeant ses affaires.

Il se retint de le remercier, parce que l'offrande ne s'y prêtait pas, mais il avait apprécié le geste. L'ancien avait été plutôt chic sur le coup. Ces deux samedis payés en heures majorées allaient lui permettre de respirer un peu. Cela durerait quelques semaines, le temps que le nœud coulant autour de son cou ne reprenne sa position initiale.

La pause se terminait. Pour le temps restant, Benjamin fut affecté à l'expédition avec Kevin. Ils conditionnèrent sur palette, et dans la bonne humeur, le millier de cartons sorti le matin même de la chaîne de production. C'était plutôt agréable de travailler avec le jeune. Il en faisait toujours moins que vous, mais il avait le mot pour rire et une propension à la désinvolture qui tranchait avec le cadre rigide et ordonné de l'atelier. Ils enrobèrent ainsi de fil cellophane 1,1 tonne de crème de marrons, 1100 kilos prêts à être ventilés aux quatre coins de la France.

À 13 heures, l'équipe de l'après-midi vint prendre le relais. Les quatuors, portés par deux dynamiques contraires, se saluèrent rapidement, puis chacun reprit son chemin, les uns de leurs foyers, les autres de leurs postes attitrés. Pour Benjamin, il y avait encore 6 kilomètres de route à effacer avant de retrouver l'appartement. Il n'aimait pas trop les méandres du tracé, mais ce n'était pas pire que lorsqu'il habitait Aubenas. À cette époque, il devait sortir de la vieille ville puis traverser le centre de Vals-les-Bains avant de rejoindre l'usine. C'était au moins deux fois plus long. Il repassa devant la zone de travaux où les ouvriers étaient maintenant à pied d'œuvre. Dans la commune, tout le monde espérait que la route aurait fait peau neuve avant l'été et le début de la saison touristique. C'était une période agréable où la région s'animait un peu. Le camping près de l'étang accueillait sa trentaine de vacanciers, la place de la fontaine se remplissait d'estivants durant le week-end, et le bar proposait même de la petite restauration en terrasse. Bref, c'était un aparté que l'on guettait avec impatience. Avec l'arrivée des beaux jours, c'était un peu le retour de la vie insouciante, mise sous cloche durant les longs mois d'hiver. Les variations du thermomètre comme la prégnance de la lumière avaient une incidence certaine sur le moral des villageois.

D'ailleurs, en cette fin d'après-midi ensoleillée, Benjamin choisit, après sa sieste réparatrice, de monter sur la place de la fontaine. Il avait envie de se dégourdir les jambes et se doutait bien que les boulistes profiteraient du temps printanier pour se disputer quelques points litigieux. Il se doucha rapidement, enfila un jean et un sweat propre, puis s'attaqua à la rue en serpentin qui montait vers le centre du village. Son appartement était situé tout en bas du hameau, à proximité de la route départementale, dans le lit de la rivière. C'était pratique pour les départs de randonnée ou s'adonner à la course à pied, plus simple aussi pour accéder aux eaux claires de la Volane. En revanche, pour effectuer ses courses à l'épicerie, partager une bière au bar ou profiter des quelques distractions de la place, il fallait au préalable se cogner une longue montée de 200 mètres dont le dénivelé atteignait 8 % par endroits. Cela n'avait rien d'une sinécure, surtout après une longue journée de travail. Mais ce soir, Benjamin avait encore un peu d'énergie en réserve, il s'arc-bouta, mains sur les cuisses, et attaqua la côte, déterminé à ne pas subir le pourcentage qui s'élevait encore passé le parking de la salle municipale. Il eut besoin de cinq minutes pour franchir l'obstacle, puis il prolongea son effort jusqu'à la place circulaire qui était devenue l'épicentre de la commune. Autour de la fontaine qui ne coulait plus, une poignée d'hommes faisaient face à un minuscule cochonnet jaune orangé, objet de toutes leurs attentions. Derrière eux, Michel, le tenancier du bar, avait commencé à empiler les chaises, c'était signe de la proche fermeture.

Benjamin s'approcha de la piste en gravier fin, salua les joueurs d'un geste de la main, puis vint prendre place sur le banc en bois pour suivre la partie en cours. Cet espace n'était pas qu'un terrain de jeu, toutes les informations importantes transitaient par cet endroit, du moins lorsque les hommes avaient décidé de parler. Ce soir, ils étaient plutôt du genre taiseux, le score serré et la promesse d'une victoire toute proche pour l'équipe qui prendrait le point avaient durci les visages. Tout le monde avait les yeux rivés sur les deux sphères en acier qui encerclaient le cochonnet. Pointer ou tirer, la grande affaire était là. Benjamin jouait rarement avec eux, il préférait regarder. Ce rôle de simple spectateur lui convenait parfaitement, mais lorsqu'il manquait un joueur, c'est avec plaisir qu'il lançait les boules, sans vraies ambitions et sans grands résultats. André, finalement, décida de pointer et emporta la mène d'un très joli coup, tout en finesse. Benjamin assista encore à la partie suivante, puis il décida de quitter la place lorsque le soleil disparut derrière le sommet du massif. La luminosité avait déjà décliné et la fraîcheur n'allait plus tarder à descendre de la montagne. Les hommes saluèrent son départ tout en continuant à jouer.

Sur le chemin du retour, il fit une halte à l'épicerie tenue par Marco et Lisa. L'unique commerce d'alimentation du village était géré par ce jeune couple arrivé d'Auvergne voilà bientôt deux ans. Le sympathique binôme avait rapidement fait l'unanimité autour de lui, il faut dire que sa bonne humeur et son dynamisme étaient contagieux. Après des années d'hibernation, le magasin avait enfin repris vie. Au lot habituel des denrées de première nécessité, Marco avait ajouté un rayon de charcuterie fine et un étal de produits laitiers qui proposait des fromages de la région et des yaourts artisanaux. En quelques mois, l'épicerie s'était métamorphosée. Elle avait aujourd'hui fière allure, et au-delà de son utilité, comptait beaucoup dans le moral des 836 pensionnaires de la bourgade.

En entrant, Benjamin aperçut Marco au comptoir, il était occupé à encaisser madame Sorin. Au fond du magasin, Lisa agençait le présentoir des fruits et légumes. Benjamin salua ce petit monde à la volée, en évitant de trop approcher madame Sorin qui avait toujours quelque chose de nouveau (ou pas) à vous raconter. Le pauvre Marco semblait d'ailleurs avoir bien de la peine à s'en dépêtrer. Benjamin passa rapidement entre les rayons avec l'idée de dénicher un plat facile à préparer. Il prit un paquet de spaghetti, un grand pot de Pesto et un sachet de parmesan râpé. À sa liste de provision initiale, il ne put s'empêcher d'ajouter un paquet de Granola et une bouteille de Coca-Cola allégée en sucres. Il vint ensuite discrètement prendre place derrière la vieille dame qui venait de sortir sa petite monnaie. Par chance, elle ne s'aperçut pas de sa présence. À cet instant, la porte s'ouvrit sur leur droite. Louka fit son entrée en saluant bruyamment l'assemblée, puis en butant sur la gondole en bois qui accueillait les conserves. Benjamin se rapprocha de madame Sorin qui venait de déposer un tas de pièces jaunes sur la table. Cette irruption le mettait mal à l'aise, c'était plus fort que lui, d'ordre épidermique, et s'il n'avait pas déjà tout eu en main, il serait reparti aussitôt. Il avait vraiment mal choisi son heure pour faire ses emplettes.

De l'autre côté du comptoir, Marco fit rapidement le tri et rendit deux pièces de 20 centimes à la vieille dame. Elle mit un temps infini à les replacer dans son porte-monnaie. Pendant ce temps, Louka était passé au rayon des alcools et avait emporté un pack de trois desperados et une bouteille de vin rouge. Il avait tout cela dans les bras, et « bientôt dans le sang » songea Benjamin qui masquait mal son impatience. La brave madame Sorin choisit ce moment précis pour se rappeler qu'elle avait oublié de prendre la boite de pâté pour sa chatte Minette, elle en était toute désolée, à croire qu'elle le faisait exprès elle aussi. Gentiment, Marco se proposa d'aller la chercher à sa place. La vieille dame se retourna et sourit à Benjamin en s'excusant du dérangement. Louka, qui venait de se positionner derrière eux, se sentit un peu obligé d'entamer une conversation, après tout les deux hommes se connaissaient de longue date.

— Comment va ? demanda-t-il, d'un ton détaché.

Il se dandinait d'un pied sur l'autre et sentait déjà l'alcool. Benjamin évita de trop regarder dans sa direction.

— Minette préfère la pâtée bœuf/carottes, cria madame Sorin à l'attention de Marco.

Puis en se retournant, elle ajouta :

— La pâtée bœuf/carottes et celle au saumon, ce sont ses deux préférées !

Benjamin sourit à la vieille dame, puis marmonna un « ça va » en direction de Louka dont l'haleine chargée de tanins était remontée jusqu'à lui.

— Le boulot ? renchérit ce dernier.
— Toujours pareil. Les deux-huit à l'usine. Et toi ?
— On a eu de belles affaires ces temps-ci, je n'ai pas à me plaindre.

Benjamin se garda de répondre, il avait la réplique parfaite au bout de la langue, mais il préféra changer de sujet, ce n'était ni le lieu ni le moment. D'ailleurs, c'était bien avant qu'il aurait fallu faire un esclandre. Coincé entre cet alcoolique notoire et cette bigote de Sorin, il n'avait qu'une envie, c'était de retrouver le chemin de sa tanière. Seulement Marco tardait à revenir et la situation s'éternisait.

— Pas facile la route tous les jours avec ces putains de travaux, marmonna encore Louka.
— Ouais, mais il n'y en a plus pour très longtemps.

Il y eut un blanc gênant, madame Sorin avait remis le nez dans son porte-monnaie et Marco ne s'en sortait pas avec toutes ces variations autour du bœuf. Cette fois, ce fut Benjamin qui choisit de briser le silence. Il venait d'apercevoir l'affiche rectangulaire placardée sur le comptoir.

— Au fait, on te voit à la fête viticole ?
— Bien sûr ! fit l'autre avec un large sourire.
— Cela fait un de ces bruits cette fête ! intervint madame Sorin sans vraiment y être invitée. Minette et moi, on n'arrive pas à dormir à cause de tous ces buveurs.
— C'est un samedi, il faut bien s'amuser le week-end ! railla Louka qui s'y connaissait en soirées arrosées.
— Tout de même, protesta la vieille dame, est-il besoin de boire de la sorte ?
— C'est pour l'économie locale madame Sorin. Il faut bien faire de la publicité à tous nos petits vignerons, s'amusa Louka.

Marco débarqua enfin avec la boite de pâté bœuf/ carottes.

— Vous réglerez plus tard, je la mets sur votre note, fit-il en la déposant sur le comptoir.

Sans doute voulait-il s'éviter une nouvelle séance de petite marchande. Madame Sorin s'empara de l'offrande, remercia son gentil serviteur et passa la porte avec une dernière remarque que personne ne prit vraiment la peine d'écouter.

— On se revoit à la fête alors, fit Benjamin sans y croire une seule seconde.

Il put enfin s'avancer vers Marc qui avait commencé à scanner ses articles.

— Ou sur la place avec les boulistes, dit Louka dans son dos. Il parait que les gars ont repris. Ils doivent m'attendre.

Décidément, il ne doutait de rien, surtout imbibé d'alcool. Benjamin régla rapidement avec le paiement sans contact et prit congé des deux hommes. Avec son sac au bout du bras, il se laissa porter par la descente et le flot ravivé des mauvais souvenirs. Louka restait associé, bien malgré lui, à l'appartement de la rue du Château. C'était peut-être injuste, sa responsabilité n'avait pas été tranchée après tout, même s'il existait tout de même de fortes présomptions de collusions. Louka n'était pour rien en revanche dans le départ de Karen. Benjamin se rappela, avec une certaine nostalgie, le trois pièces joliment meublé dans la vieille ville d'Aubenas, l'orientation plein sud, la promesse d'une vie nouvelle, les premiers pas de Tiffany dans le salon, tout ce pan de vie qui s'était effondré en même temps que cette satanée toiture. Il en payait encore le prix aujourd'hui. S'il était revenu vivre au village, c'était avant tout pour pallier aux conséquences directes de la revente. Il avait choisi cette location au loyer minime sur les flancs de la Volane et œuvrait maintenant dans l'utilitaire. Il lui restait encore

11 000 euros à rembourser, sur un salaire peau de chagrin comme le sien, cela représentait des années de prélèvement. Il avait quand même pu sauver un peu les apparences au moment d'emménager ici. Il avait préparé une jolie chambre pour Tiffany, un lieu de vie propre et coloré, mais depuis le départ de la petite pour Valence, la pièce était inoccupée la majeure partie de l'année.

De retour à l'appartement, Benjamin mit à cuire la moitié du paquet de pâtes. Il disposa sur la table basse du salon l'assiette et les couverts, puis il poussa la porte de la chambre de l'enfant. Malgré la pièce vide, il pouvait encore sentir sa présence et percevoir l'écho de sa voix. Cela ne durerait pas. Avant la fin de la semaine, cette image allait s'estomper et progressivement s'effacer. Il perdrait alors l'envie d'ouvrir cette porte. Avec une certaine émotion, il détailla le petit lit bien dressé avec son lot de doudous impeccablement alignés contre le mur. Au sol, c'était une autre affaire, le tapis « reine des neiges » avait vraiment besoin d'un coup d'aspirateur. Il devrait aussi ranger un peu le bureau rose parce qu'elle avait tout laissé en vrac, les perles multicolores se mélangeaient aux dessins inachevés et aux images à coller, c'était un vrai fatras. Il aurait pu sévir et obliger sa fille à tout mettre en ordre avant son départ, mais il s'évitait ce genre de contraintes. Avec un week-end sur deux et la moitié des vacances scolaires, il n'avait pas le temps de s'éparpiller ni celui de se fâcher. Alors il se contentait d'aller à l'essentiel, il soignait ses marques d'affection et offrait toute son attention. En retour, il espérait juste quelques sourires, et pas trop de soupirs. Tiffany paraissait maintenant heureuse à Valence. C'était une jolie ville, autrement plus colorée que l'arrière-pays ardéchois, une cité dynamique, animée les douze mois de l'année. Il y avait des cafés, des cinémas, une médiathèque, des parcs magnifiques, des magasins ouverts le samedi, une grande roue sur la place pendant la fête foraine. Ici, qu'avait-il à lui proposer ?

La balade, toujours la même, au pied de la rivière, un coca en terrasse sur le bar de la place, et encore, quand il y avait beau temps. Il chercha en vain un troisième élément à poser sur sa balance, quelque chose de massif, mais il avait déjà fait le tour des possibilités de l'endroit. Alors oui, il n'allait pas lui prendre la tête pour une poignée de perles abandonnées sur le bureau ou quelques habits dispersés au pied du lit. Depuis que Tiffany avait migré sous d'autres cieux, depuis qu'elle avait trouvé, comme sa mère, un nouveau bras protecteur, il était devenu un père déboulonné aux attaches incertaines. Il ressentait toujours ce lien précieux qui les unissait, un lien filial qui faisait loi, mais comme tout cordon de vie, il avait besoin d'être nourri et protégé. Par quels moyens ? On lui accordait si peu, quelques jours par mois pour tenter de sauver ce qui pouvait l'être. Une ou deux nuits, selon les week-ends, pour ne pas tomber dans l'oubli. Combien de temps leur complicité pourrait-elle résister à un tel traitement ?

Benjamin retira les spaghettis de la casserole, les disposa en un seul bloc dans l'assiette ronde et ajouta la moitié du pot de pesto, la sauce au basilic couvrait déjà largement le conglomérat de pâtes. Tout en remuant, il alluma la télévision et zappa un peu avant de trouver un film d'action sur la chaîne 14. Il avala mécaniquement son plat de féculents en suivant l'affrontement d'un tueur en série solitaire poursuivi par une meute de prétendants à peine moins aguerris que lui. Il aurait bien aimé hériter des dons offerts sans contrepartie à cet as de la survie : se défaire d'une dizaine d'assaillants dans un combat à mains nues, éviter des tirs en rafales, supporter sans grimacer plusieurs lacérations à l'abdomen. Ainsi paré de ces multiples talents, et doté d'un corps réactif et prêt au combat, il aurait pu sans sourciller faire face à des situations bien plus ordinaires, comme rembourser une dette de 11 000 euros en moins de 80 échéances ou garder sa fille près de lui. Mais son seul fait d'armes, ce soir-là, fut de se resservir en pâtes et de terminer le pot de pesto génois. On a les exploits que l'on mérite. Il s'endormit bien plus tard, la tête empreinte de combats spectaculaires et l'estomac saturé de graisse et de sucre, l'idéal pour passer une nuit agitée.

Le lendemain pourtant, alors que l'après-midi touchait à sa fin et que la pluie s'était invitée dans son champ de vision, il repensa au film guerrier et considéra que lui aussi avait fait sa part. À son échelle, bien entendu. Il n'avait pas mis au pas une quinzaine de gaillards belliqueux, ni écarté une balle de magnum 45 d'un simple revers de manche, exploits somme toute inutiles au vu de sa situation. Après un réveil aux aurores, il s'était contenté de griller, comme chaque matin, l'inutile feu tricolore placé sur son chemin, puis il avait travaillé cinq heures devant la chaîne rotative avant de terminer sa matinée au conditionnement. Il avait à peu de choses près rendu la même copie que la veille, et pour ces multiples actions prolétaires, récolté la somme de 86,13 euros net à laquelle il pouvait ajouter la majoration de 2,54 euros pour la première heure matinale travaillée. Encore quelques centaines de journées de labeur comme celle-ci, et il aurait fini de rembourser le prix de sa négligence. Et ce n'était pas fini. Sa tâche terminée, voilà qu'il avait décidé d'affronter les éléments contraires, la pluie et le vent, dans une ultime course contre le temps. N'y avait-il pas là un soupçon d'héroïsme ? Dans son pantalon de jogging beige bien trop large, sa paire de running noire aux pieds, il s'était posté face au sentier détrempé avec l'envie d'en découdre. Quelque chose de sourd grondait en lui, quelque chose qui dépassait ce décompte douloureux. Il savait qu'il pouvait aussi s'en servir pour vaincre le chronomètre. Et tant mieux finalement si la météo n'était pas clémente, le ciel orageux et les nombreuses flaques d'eau qui avaient envahi la chaussée seraient des alliés naturels. Il ajusta la montre à son poignet, resserra ses lacets, puis s'engagea au petit trot dans la rue du vieux puits. Sitôt franchi le panneau de l'impasse, il enclencha le compte à rebours. Le long sentier qui remontait vers la ferme des Jacomots se présenta à lui, carrément boueux par endroits. C'était toujours délicat d'attaquer par un faux plat, Benjamin allongea volontairement sa foulée pour s'imposer d'emblée un rythme soutenu. Il eut bientôt les cheveux trempés et le bas du pantalon gorgé d'eau, ce qui compliquait sa tâche. Il avala néanmoins le premier kilomètre à cette allure cadencée. Lorsqu'il menaçait de faiblir, il songeait à Tiffany et toutes les autres impasses qui s'étaient dressées devant lui au fil des mois. C'est pour sa fille qu'il menait encore ces combats inégaux. Car il ne pouvait rien contre les décisions de la justice. C'est bien elle qui avait entériné ce partage inéquitable du temps de garde, elle aussi qui lui avait présenté cet échéancier mortifère. Il canalisa cette tension et la dirigea vers ses deux jambes durcies par l'effort. Au niveau de la ferme des Jacomots, avant d'entamer son demi-tour, il jeta un œil à sa montre, le temps était très honorable compte tenu des circonstances. Il sentit ses forces décupler et profita cette fois de l'affaissement du chemin pour prendre de la vitesse. C'était bon de lâcher les chevaux sous la pluie battante. Un court instant, il se crut intouchable, mais rapidement, son cœur en surrégime le rappela à l'ordre, il était en train d'emballer la machine. Il choisit alors de décélérer avant que n'apparaisse le fatidique point de côté. Une fois son souffle stabilisé, il reprit son allure initiale jusqu'à l'impasse et se permit même de terminer au sprint les cent derniers mètres. Lorsqu'il stoppa le chronomètre, au niveau du panneau rectangulaire, les quatre nombres qui clignotaient sur le cadran lui redonnèrent le sourire. Et même espoir. Les chiffres étaient excellents compte tenu du contexte. Ragaillardi par ce succès, incontestable d'un point de vue numérique, il prolongea un peu son plaisir en s'étirant longuement sous la pluie. L'eau ruisselait le long de son visage rougi, elle imprégnait ses vêtements et tout son être, tel un bain purificateur.

Ce soir-là, il renonça à monter sur la place. La fatigue l'avait rattrapé et il voulait rester un peu tranquille avant d'appeler Tiffany. De temps à autre, il jetait un œil sur l'horloge du salon qui avait entamé son lent décompte. Il ressentait toujours une forme d'appréhension au moment de reprendre contact avec sa fille, surtout lorsque le temps avait déjà œuvré à la séparation des corps. Dimanche paraissait loin maintenant, il n'était pourtant pas au bout du chemin. Il lui resterait encore dix jours à patienter avant de la retrouver en chair et en os, une petite éternité à l'échelle de l'enfant. À la sienne également. La vie était ainsi faite. Il n'y a que pendant les vacances scolaires qu'il regagnait un peu de terrain, mais pas suffisamment pour espérer installer une complicité durable. Il manquait tant de pans de vie à leur relation.
À 19 h 15, il se décida enfin à prendre le téléphone. Il s'isola dans la chambre de l'enfant, peut-être pour s'imprégner à nouveau de son univers. Il ressentait toujours cette pointe d'anxiété, toujours la même, qui venait titiller sa légitimité et réveiller ses doutes, un peu comme s'il passait un oral d'examen, avec en préalable l'indispensable test de reconnaissance vocale. Il s'assit sur le lit, replaça l'ourson en peluche contre le mur et approcha nerveusement l'index du combiné. Il repensa au temps

accompli sur le sentier, se dit que le jeune papa avait tout de même des raisons d'être fier, sa course menée au pas de charge était provisoirement inscrite au tableau d'honneur. Il s'accrocha à cette idée, puis pianota les huit chiffres de Valence. C'est la mère, Karen, qui répondit à la seconde sonnerie. Il identifia la voix blanche et sèche, à peine audible, qui le renvoyait à tant de conflits larvés. On aurait dit que parler et articuler lui demandait un effort particulier. Ce n'était pas si grave, ils n'avaient rien à se dire. Elle lui passa rapidement Tiffany qui était assise à côté d'elle. La petite bondit sur l'appareil.

— Coucou papa ! s'exclama l'enfant.

Benjamin reçut comme une offrande ces deux mots prononcés avec une vigueur juvénile. Quelqu'un, par-delà les montagnes, désirait donc vraiment lui parler, peut-être même attendait-elle son appel. Il retrouva du coup un peu d'assurance.

— Ça va mon ange ? interrogea-t-il.
— Oui, ça va.
— Je ne te dérange pas ?
— Non, on allait manger.

Benjamin, qui adorait le naturel de sa fille, ne releva pas la contradiction.

— Qu'est-ce que tu as fait de beau aujourd'hui ?
— J'ai été à l'école. Et on vient de faire les devoirs avec maman, on a répété la lecture.
— C'est très bien.
— Aujourd'hui on a fait la leçon sur le *IN*. *IN* comme dans Benjamin.
— C'est ça.
— On peut faire aussi le son *IN* avec A, I et N, comme

dans pain ! ajouta-t-elle.

— Oui, il y a deux façons de le faire.

— Non, trois, on peut le faire aussi avec A, I et M, comme dans faim !

— Ah oui, ça fait trois…

— On peut le faire aussi avec… euh… j'ai oublié.

— C'est pas grave.

— Tu veux que je demande à maman ?

— Non, non, pas la peine.

Pour titiller la curiosité de sa fille, il aurait pu souligner qu'au début de son prénom se cachait un intrus pour lequel il y avait encore une autre explication, mais avec trois graphies différentes pour un même son, Tiffany avait déjà fort à faire. Il préféra donc changer de sujet.

— Au fait, tu ne m'as pas dit pour ton spectacle. Tu as eu le rôle ?

— La maîtresse n'a pas encore décidé, répondit gravement l'enfant.

— Ah bon, pourquoi ?

— Elle dit qu'il faut encore attendre un peu.

— J'espère bien que ce sera toi !

— Peut-être qu'il peut y avoir plusieurs princesses ?

— C'est possible, oui.

— Mais dans les contes, il n'y en a toujours qu'une seule, rectifia d'elle-même Tiffany.

— Oui, mais là ce n'est pas pareil, c'est votre spectacle, vous pouvez décider de mettre plusieurs princesses et même plusieurs princes.

— Je préférerais quand même qu'il n'y en ait qu'une.

— Je comprends.

— Tu viendras au spectacle ?

Benjamin se raidit un peu, conscient des complications à venir.

— Maman m'a donné la date, j'essaierai, c'est promis.
— C'est un jeudi, précisa l'enfant.
— Je sais.
— Tu travailles ce jour-là ?
— Je travaille tous les jours de la semaine, mais je vais essayer de m'arranger, fit Benjamin sans trop y croire.

Il chercha de nouveau à changer de sujet. La sortie du dernier opus de Walt Disney fit l'affaire. Tiffany avait projeté d'aller le voir au cinéma, ce serait soit à Valence, soit à Aubenas. Il y eut ensuite un rappel à l'ordre, le repas était en train de refroidir, et la conversation prit fin sans que les deux protagonistes ne l'aient vraiment décidé. En raccrochant, Benjamin n'était pas très fier. Il se reprochait sa promesse qui resterait sans doute sans lendemain. Il avait ses limites lui aussi. La contrepartie pour assister au spectacle de sa fille était disproportionnée : au bas mot trois heures de route et une nuit de sommeil raccourcie, sans compter les frais d'essence et de péage, 30 euros au minimum. Au final, cela faisait un drôle d'investissement pour quelques apparitions de la petite sur scène. C'est à ce genre de détails qu'il voyait que la situation s'était singulièrement compliquée. L'éloignement physique posait des problèmes quasiment impossibles à surmonter. Il n'avait pas envie de mentir à Tiffany, et si ce soir il avait gagné du temps, c'était d'abord par lâcheté. Il ne se voyait pas lui dire la vérité, pas dans ces termes, pas tout de suite. Mais à agir ainsi, il savait qu'il générerait un jour de la déception et de la frustration, et elle finirait tôt ou tard par se retourner contre lui.
Pour ne plus y penser, il finit par allumer la télévision et installa son plateau-repas face à l'écran. De nouveau le rituel se mettait en place, manger en s'abreuvant de sons et d'images, se remplir le ventre et l'esprit dans une même communion. Il eut encore la main lourde sur le

dessert annihilant de fait les bénéfices de sa course à pied. Son excellent temps n'était déjà plus qu'un vague souvenir, les ailes qu'il lui avait procurées un court instant étaient maintenant engluées dans des décilitres de crème de marrons. Mais ce n'était pas désagréable, c'était doux et sucré et coulait en continu le long de sa gorge, un peu de douceur qu'il laissait lentement infuser, comme une tisane avant la nuit.

Puis enfin, ce fut samedi, son premier jour de repos. Il était bien resté dans le thème. Il n'avait pas fait grand-chose de sa matinée et il s'était assoupi plus de deux heures en début d'après-midi. Il n'aimait pas beaucoup ces longues siestes qui assomment plus qu'elles ne reposent, mais il ne décidait pas toujours de la longueur de l'aparté, surtout en fin de semaine. Le café serré bu dans la cuisine lui remit un peu les idées en place. Il ne savait pas encore trop quoi faire de ce restant de journée. Tiffany passait le week-end chez sa mère, loin du petit promontoire sur lequel il vivait. Dans sept jours, elle serait de retour, apportant un peu de gaîté et de fantaisie dans cet appartement sans vie. D'ici là, il était libre de ses mouvements. Il se dit qu'il passerait peut-être boire une bière ou deux sur la place, le samedi en soirée il y avait toujours un peu plus de monde au bar.
Dans l'immédiat, il était résolu à accomplir sa rituelle séance de course à pied. Il n'avait pas apprécié ses excès de la semaine ni sa sourde résignation après le coup de fil passé à Tiffany mercredi, il était bien décidé à rééquilibrer la balance. Il passa un short et un maillot de running. Cette fois, le temps sec et ensoleillé allait lui faciliter la tâche, il n'aurait pas à supporter le pantalon gorgé d'eau ni les flaques boueuses du sentier. Peut-être même qu'il pourrait améliorer sa dernière marque. Il sortit en

petites foulées de l'appartement et prépara son chronomètre à l'approche du panneau repère. La montre de
sport bleu métal était l'outil indispensable à ces combats
hebdomadaires, le référent mécanique de ses états
d'âme. Il songea à la semaine écoulée, à tous ces colis
qu'il avait fait repartir sur le tapis roulant de l'usine, puis
il leva haut les genoux et attaqua vigoureusement les
premiers mètres en gravillon du sentier. Les tâches
débiles qui mobilisaient l'essentiel de ses journées
étaient provisoirement mises entre parenthèses. Il avait
retrouvé un peu d'espoir. Il repensa à Tiffany et à son
spectacle de fin d'année. Il y avait tout de même bien
moyen de s'arranger. Il pourrait commencer par poser un
jour de récupération auprès de la direction, en s'y prenant à l'avance, c'était jouable. Pour le reste, il se
débrouillerait.
Il accéléra l'allure jusqu'à atteindre les limites de ses
possibilités. C'était un pari risqué à ce moment de la
course, mais la machine était lancée, elle était peut-être
lourde et massive, mais elle profitait de sa parfaite
connaissance des lieux pour emprunter les meilleures
trajectoires. Il espérait, grâce à ses manœuvres de haute
volée, gagner encore quelques précieux dixièmes sur son
temps référence. Lorsque Benjamin aperçut la ferme des
Jacomots au bout du chemin, il jeta un rapide coup d'œil
au chronomètre qui confirma ses bonnes dispositions. Sa
décision maintenant était prise, cela lui coûterait un peu
d'argent et pas mal d'énergie, mais il assisterait au spectacle de sa fille, la détermination était une de ses qualités, il en faisait encore la preuve sur ce sentier caillou-
teux. Alors qu'il entamait son demi-tour, il perçut un son
rauque et puissant semblant monter de la vallée, mais il
demeura concentré. Il soigna sa reprise d'appui et aborda
le faux plat descendant avec une froide détermination.
Seulement le bruit s'amplifia, cela ressemblait au vrom-
bissement d'un moteur, mais pas n'importe lequel, il

paraissait provenir d'une cylindrée hors catégorie. Parti sur d'excellentes bases, Benjamin refusa de se laisser distraire, mais bientôt, un imposant véhicule, une sorte de mastodonte noir munie de roues surdimensionnées, surgit du virage puis freina brusquement quelques mètres après la zone de chantier. Le crissement des pneus sonna comme un appel, un chant de sirènes aux mélodies un peu difformes. Benjamin ne put s'empêcher de regarder à travers les herbes hautes qui empiétaient sur son champ de vision. Peut-être que dans les quartiers plus avertis de la capitale, on n'y aurait pas prêté la même attention, mais ici, dans cet endroit reculé de l'Ardèche, ce véhicule ainsi armé sortait vraiment de l'ordinaire. La voiture venait de s'immobiliser, accolée à la chaussée.

Un homme sortit subitement par la porte passager, il tenait un énorme sac de sport contre son torse. Il avait l'air très lourd car l'individu peinait à se mouvoir. Presque malgré lui, Benjamin ralentit l'allure, intrigué par cette étonnante apparition. L'inconnu, tout de noir vêtu, venait de regarder plusieurs fois à droite et à gauche, comme s'il craignait d'être aperçu. Il ne pouvait pas deviner qu'une personne, protégée par la haie végétale, ne perdait rien de la scène. Muni de son pesant fardeau, l'homme entreprit alors d'escalader la petite butte en terre qui précédait le bois. Benjamin fit encore quelques pas puis s'arrêta définitivement. Il demeura dissimulé derrière un petit massif d'arbustes. De toute évidence, il se passait quelque chose. L'inconnu disparut quelques secondes, une quinzaine pas plus, avant de revenir les mains vides et de s'engouffrer dans le véhicule qui redémarra sur les chapeaux de roue. La voiture explosa comme une petite bombe et disparut très vite au bout de la route.

Benjamin, figé près des herbes folles, tentait en vain de

comprendre, il ne pensait plus en tout cas à reprendre sa course. Mais il n'eut pas vraiment le temps de faire sa mise au point, juste après retentirent de puissantes sirènes vociférant dans les aigus, et deux voitures banalisées aux liserés bleu et rouge traversèrent le paysage à toute allure, un vrai passage éclair. Ce n'était pas fini. Presque aussitôt, il identifia un claquement régulier venu du ciel et vit bientôt apparaître un hélicoptère couleur bleu nuit dont les pales surpuissantes semblaient fendre l'air au-dessus de la montagne. Benjamin se colla contre la haie d'arbustes, le tableau devenait carrément surréaliste. L'appareil volant se stabilisa à l'aplomb de la route, comme s'il analysait son tracé, puis il s'éleva à nouveau dans les airs avant de reprendre sa course en avant. Hébété, Benjamin attendit quelques secondes l'apparition d'une nouvelle force motrice, comme dans les films d'action où une scène de poursuite en chasse une autre, mais après le passage de ce convoi dément, le décor semblait s'être de nouveau figé dans sa configuration initiale. Tous les éléments avaient repris leur place naturelle : la départementale inanimée, le sentier désert, le hameau endormi, et le chant des oiseaux pour seule orchestration. Benjamin lorgna vers la ferme des Jacomots, est-ce que quelqu'un avait bougé de ce côté-là ? Personne en tout cas n'était encore sorti sur le perron.
Et au village, avaient-ils entendu quelque chose ?
Dans la partie haute, fenêtres fermées, ce n'était pas si sûr, ils étaient tout de même assez éloignés de la route. Ils avaient peut-être aperçu l'hélicoptère, même si l'appareil avait traversé le ciel en un éclair. Même ici, au plus près de l'action, on finissait par douter de son passage. Il ne restait déjà plus aucune trace de ces soudaines apparitions. Enfin si, une tout de même, et Benjamin ne l'avait pas perdu de vue. Et cette fois, il était sans doute bien le seul à avoir connaissance de cet élément matériel, dissimulé quelque part dans le sous-bois, à une centaine

de mètres de là. Parce que l'homme vêtu de noir n'avait pas pu avancer bien profond à travers les arbres. Benjamin hésitait encore à l'appeler « le voleur », même si tout conduisait à cette piste : sa tenue, son attitude suspecte, les sirènes de police, la folle poursuite. Il avait encore en ligne de mire l'endroit où la voiture avait stoppé sa course. Cela commençait à se bousculer dans sa tête. Qu'allait-il faire à présent ? Passer son chemin ? Alerter les villageois ? Contacter directement la gendarmerie de la vallée ? Pour dire quoi ?

Il considéra l'arbre dont la branche inclinée ressemblait à un gros point d'interrogation et avança d'un pas dans cette direction. Dès l'instant où il pénétra dans les herbes folles, il ressentit un mélange d'excitation et de peur qui, mais il ne le savait pas encore, n'allait plus le quitter. Il avait décidé d'aller voir, mais pour rejoindre la route, il fallait d'abord franchir cette bande de fougères dense et parfois coupante. Il batailla dans les fourrées pendant près d'une minute avant d'atteindre la portion bitumée. Depuis le passage des sirènes tonitruantes, c'était le calme plat. Ce n'était pas surprenant, il pouvait en être ainsi durant des heures. Benjamin, aux aguets, lorgna dans les quatre directions pour s'assurer qu'il était bien seul. Il prit ensuite position face à l'arbre, effectua quelques pas glissés sur sa gauche et escalada d'un bond la petite butte qui précédait le bois. Son cœur s'était encore accéléré, il sentait distinctement ses battements répétés sous son maillot en lycra, et cela n'avait plus rien à voir avec ses efforts de course.

Malgré la moindre luminosité, il pensait que retrouver le sac serait chose aisée, il avait bien repéré l'endroit et le volume de l'objet ne pouvait pas passer inaperçu. En définitive, il mit presque deux minutes avant de dénicher la cache, dans un creux profond recouvert par un tas de bois mort. Et encore, il avait eu la chance d'apercevoir un pan de tissu qui dépassait. Une fois identifié, il le dégagea tout doucement. C'était un grand sac allongé, de forme rectangulaire, un modèle de sport aux sigles américains. Ses lignes étaient gonflées, il paraissait plein à craquer. Benjamin tira prudemment sur les deux anses, le bagage était effectivement très lourd, une trentaine de kilos au bas mot. Il l'extirpa du trou et le déposa à ses pieds. Nerveux, il regarda encore furtivement à droite et à gauche, puis il fit lentement glisser la fermeture éclair. Il arrêta son geste à mi-chemin, comme si la glissière venait de se bloquer, mais c'était bien sa main qui refusait le mouvement. Il laissa filer quelques secondes, les extrémités de ses doigts tremblaient à présent. Pour juguler le sentiment de panique, il respira fort, se concentrant surtout sur les phases d'expiration, comme un exercice de relaxation. Cette minute fut certainement une des plus longues de son existence. Revenu à une certaine maîtrise, il se décida à saisir un des occupants du sac, il le prit au hasard, à dire vrai, tous les modèles paraissaient identiques. D'une main hésitante, il effeuilla la liasse enserrée par une petite bande en carton souple. Elle contenait des billets de 100 euros, au bas mot une centaine. Et le bagage en était rempli !

Cela semblait irréel, comme au moment du passage des trois bolides de course ou juste après, avec le survol de l'hélicoptère. Mais ces engins-là n'avaient fait que traverser le paysage, pareil à des étoiles filantes. Le sac lui était resté, c'était un élément tangible qui se trouvait à présent à ses pieds, et cela changeait tout. Il considéra gravement la masse de billets, cherchant la meilleure marche à suivre. Debout devant l'objet du délit, il se remémora la scène : la voiture stoppant brusquement sur le bas-côté, l'homme sortant avec le sac, puis les sirènes de police suivies du passage de l'hélicoptère. Il ne s'expliquait pas pourquoi les voleurs avaient soudain décidé d'abandonner leur butin. Cela n'avait pas de sens. Mais une chose était sûre, les billets étaient maintenant à portée de main, la sienne, et il lui revenait de prendre une lourde décision. Il pouvait encore passer son chemin, ou alerter la police ou alors…

Les trois hypothèses se télescopaient dans sa tête. La première option évitait toute complication à venir. Il pouvait n'avoir rien vu ni entendu, et surtout ne rien dire, suivant ainsi le précepte des trois singes de la sagesse. Mais il avait tant besoin d'argent, il ne se voyait pas laisser passer une pareille occasion. D'une manière ou d'une autre, il songeait déjà à prélever sa part. Il se mit à tourner en rond autour du bagage, tel un lion en cage. Signaler la découverte du butin à la police était quand même la décision la plus raisonnable. La victime, banque ou particulier, offrirait peut-être une prime assez conséquente en guise de récompense, mais cela restait une supposition, il n'y avait rien d'écrit dans la loi.

Les minutes continuaient à s'égrener dangereusement, il n'avait toujours pas tranché. Il avait bien conscience que l'étau allait bientôt se resserrer, forces de l'ordre ou malfrats, peu importe en définitive, quelqu'un reviendrait forcément fouiller dans la zone. Il fallait faire vite. Pour décider, il devait d'abord chasser ce trouble invasif qui l'empêchait de raisonner correctement et parasitait son jugement. Il s'assit sur une souche d'arbre, prit sa tête à deux mains et ferma les yeux quelques secondes.

La nature était si paisible autour de lui, son silence était comme un refuge. Il visualisa la forêt domaniale, la route déserte, les herbes hautes et le sentier qui redescendait vers l'impasse. Personne ne l'avait vu pénétrer dans le sous-bois, il en aurait mis sa main à couper. Cela ouvrait certaines perspectives. Il essaya de projeter la suite des opérations, ce qu'il devrait faire, et dans quel ordre. Cette mise au point ne lui prit pas plus d'une minute. Sa décision était prise. Quand il se sentit prêt, il ouvrit les yeux, se redressa, puis saisit le sac à deux mains et le replaça au fond du trou. Il le couvrit à nouveau de branchages jusqu'à le faire disparaître. Il se rapprocha ensuite du talus, s'assura qu'aucune voiture ne pointait à l'horizon, puis dévala la butte et traversa la départementale. Franchir la bande d'herbes hautes fut la partie la plus pénible. Il dut batailler contre les tiges rugueuses sans vraie visibilité.

Lorsqu'il retrouva le sentier, ses bras et ses jambes écorchées portaient les stigmates de cette lutte. En renouant avec la piste, il put souffler un peu, il retrouvait son statut de simple joggeur. Il en profita pour jeter un œil en direction de la ferme des Jacomots, toujours aussi silencieuse. Personne ne semblait vouloir mettre le nez dehors, et c'était très bien ainsi. Il tenta de reprendre sa course au pas cadencé, mais ce fut impossible, son corps s'était comme désolidarisé, pas moyen de le brusquer, ni de lui imposer le moindre effort. Heureusement, le final était en descente, il parvint à trottiner jusqu'à chez lui sans perdre trop de temps. La chance en tout cas semblait de son côté, il ne croisa personne sur le chemin du retour, même chose dans l'impasse où il longea prudemment les murs des bâtisses. Revenu à l'appartement, il passa dans la cuisine et sortit du frigo une bouteille d'eau minérale à peine fraîche. Il but à même le goulot la totalité des trente-trois centilitres puis s'approcha du robinet de l'évier et s'aspergea le visage à cinq ou six reprises. Il avait besoin de retrouver des idées claires, car le tintamarre qui s'était déclenché tout à l'heure à l'intérieur de son crâne menaçait de se réactiver. « Prends, fuis, parle, cache, tais » exhortait la drôle de petite voix, aussi virulente qu'inconséquente. À mesure que l'inévitable se rapprochait, grandissait en lui un conglomérat d'appels contradictoires, il y avait de quoi devenir fou.

Il lorgna en direction du téléphone du salon. Ce dernier trônait sur un vilain guéridon sauvé de la décharge publique. Un coup de fil, un seul, et cela en serait fini de ses tourments. En pianotant un numéro, il pouvait passer le relais aux autorités compétentes et s'alléger de son fardeau, car il pressentait déjà que ce sac allait devenir un drôle de poids. « Oui, tout pourrait redevenir comme avant », songea-t-il en passant devant le combiné. Mais cette pensée, loin de le réconforter, agit plutôt comme un électrochoc. Il se souvint du tapis roulant qui l'attendait à l'usine, de ces pots qui le narguaient, il se rappelait aussi son pitoyable « ouf » de soulagement lorsqu'il avait obtenu le droit de travailler deux samedis supplémentaires. Il avait presque failli remercier Germain ! Il pensa aussi à sa fille, à la distance qui les séparait, à cette situation intenable. Revenir à cette vie-là ? Quelle drôle d'idée ! C'était décidé, il n'y aurait pas de statu quo. Il réinitialisa immédiatement le compteur de sa montre qui aligna un quadruple zéro, prête à ordonner un nouveau départ. Il prit ensuite les clés de la voiture, passa dans sa chambre et s'empara d'une grande couverture en laine. Avant de traverser la rue, il s'assura que la voie était libre. La Clio était garée quelques mètres plus loin. Il jeta la couverture dans le coffre, actionna le démarreur, et enclencha son chronomètre. Il remonta l'impasse et la rue du puits sans croiser personne, les astres semblaient alignés. Il franchit le pont en pierre, puis s'engagea sur la départementale. Il mit 1 minute et 22 secondes pour arriver au pied de l'arbre déformé. Sans plus de précautions, il gara grossièrement la voiture sur le bas-côté, conscient qu'il devait faire vite. Il grimpa le talus et s'engagea dans le sous-bois, dégagea le sac de son lit de branches mortes et colla le bagage contre son torse. Il revint vers la voiture en vacillant, à cause du poids. Il ouvrit le coffre, balança le sac à l'intérieur, et redémarra aussitôt. Il fit demi-tour à même la route malgré l'absence de visibilité, trois manœuvres bien ajustées, et le véhicule redescendait vers le village, comme si de rien n'était. Revenu dans l'impasse, il gara cette fois la voiture au pied de son appartement. Il en descendit discrètement, ouvrit le coffre à mi-hauteur, enveloppa le sac avec la couverture, jeta un dernier coup d'œil à la chaussée déserte, puis se glissa jusque chez lui. Il posa le lourd fardeau sur la table basse, revint fermer la porte d'entrée à clé, puis s'écroula dans le canapé avant d'arrêter le chronomètre. On pouvait dire que sa vie venait de basculer en très exactement 4 minutes et 17 secondes.

Même assis, Benjamin éprouvait toujours des difficultés à reprendre son souffle. Son cœur battait à une allure folle, boosté par la soudaine montée d'adrénaline. Il se leva pour prendre une bière dans le compartiment haut du réfrigérateur, la décapsula à l'aide d'une cuillère, et la but presque d'une traite. Elle eut les vertus de l'apaiser un peu, mais il résista à la tentation d'en attraper une seconde, il n'avait pas envie de sentir poindre l'ivresse, il allait avoir besoin de toute sa tête pour les heures à venir. Il se pencha vers le sac et fit de nouveau glisser la fermeture éclair. La somme qu'il venait de subtiliser paraissait énorme, mais tout cela restait encore difficile à chiffrer.

Il saisit une liasse au hasard, elle lui parut fine et légère, contrastant avec le poids du bagage. Il se leva subitement pour fermer les rideaux du salon. Dans la semi-obscurité, il se décida à compter. Il reprit la liasse, l'effeuilla puis dénombra les billets un à un, ce paquet-ci contenait cent coupures de 100 euros. Il le posa à côté du sac, partit à la recherche d'une feuille blanche et d'un crayon, et annota le premier nombre en haut de la page : 10 000. Il vérifia encore le nombre de billets pour les 3 unités suivantes, mais c'était toujours la même quantité, 100 épreuves collées les unes aux autres. À partir de là, il se contenta de reporter les sommes correspondantes à chaque paquet. Cela pouvait varier, car il y avait trois sortes de liasses : celles de 50, celles de 100 et enfin celles de 200 euros. Ce décompte mécanique, paradoxalement, eut sur lui un effet apaisant. Occupée à calculer, sa tête le laissait enfin en paix, et son rythme cardiaque redescendit naturellement. Reporter des chiffres en colonne et les additionner en évitant les impairs était finalement une activité saine pour le corps et l'esprit. Au terme de son marathon numérique, Benjamin put enfin poser un total sur la masse compacte entassée devant lui. Il vérifia deux fois ce nombre à l'aide de la calculatrice puis lut le résultat à voix haute comme s'il voulait authentifier l'acte.

— 2 920 000 euros.

Trois millions ou presque, songea-t-il.
Il n'avait même pas idée de ce que cela représentait. Des centaines d'appartements comme le sien ? Des milliers de voitures ? Bien plus encore ?
Tout cela restait flou, mais ses mains, dès le total posé en bas de la feuille, avaient recommencé à trembler. Qu'est-ce qui l'effrayait donc ainsi ? Que pressentait-il ? Il se remémora le crissement des pneus, les sirènes de police, les pales de l'hélicoptère fendant l'air, toute cette puissance de feu annonciatrice d'une grande violence. Et il se répéta la somme, 2 920 000 euros. Quelque part, c'était trop, beaucoup trop. Si le bagage avait contenu quelques milliers d'euros, allez cinq ou six, il n'aurait rien eu à craindre d'irrémédiable. Mais ce chiffrage en millions changeait complètement la donne. Car il n'avait pas gagné au loto, il n'avait pas non plus découvert miraculeusement au fond du bois un trésor abandonné depuis des siècles. Lui, le petit manœuvre ardéchois, venait de dérober une somme énorme à deux entités impitoyables qui se la disputaient. L'une pouvait facilement le priver de sa liberté en l'envoyant croupir dans une cellule de dix mètres carrés pour quelques années,

l'autre lui broyer les doigts ou bien d'autres choses pour avoir osé ce larcin. Il y avait effectivement de quoi avoir peur, même s'il n'était peut-être pas trop tard pour restituer la somme et replacer le sac dans le sous-bois. Tout pouvait encore s'arranger dans les heures à venir, il s'accrocha à cette idée qui lui laissait une porte de sortie. Mais pour combien de temps encore ? Il s'aperçut que de petites plaques rouges étaient apparues sur ses avant-bras, il les gratta avec le bout de l'ongle. Réaction de l'épiderme, sans doute due au passage dans les herbes hautes. Il sentait aussi la transpiration, avec un curieux relent, un effluve inhabituel, assez désagréable. Clairement, et avant même de décider d'un quelconque plan d'action, le passage à la douche s'imposait. Il fallait se débarrasser de cette odeur. Il se déshabilla dans la salle de bains, ouvrit le mitigeur, et laissa venir à lui des filets d'eau chaude qui ruisselèrent le long de son corps. Subitement, il se laissa choir à même le carrelage, en position de fœtus. Il demeura ainsi cinq bonnes minutes, tête et buste ramassés, s'octroyant un court moment d'absence. Après cela, il entreprit de se laver, mais la station debout lui était encore pénible. C'est donc assis en tailleur, les yeux mi-clos, qu'il se créma les mains et le reste du corps. Il attendit de nouveau cinq minutes sous les jets continus avant de s'extraire du bac et de se sécher. Il prenait son temps, car il appréhendait de retrouver le salon plongé dans l'obscurité. Pour continuer à garder le contrôle de ses émotions, il s'aménageait mentalement des issues de secours. Cela le rassurait de se dire qu'il pouvait encore replacer le sac dans la forêt. Peut-être pas immédiatement, de jour c'était trop risqué, mais discrètement, à la nuit tombée, en garant le véhicule en amont, c'était possible. Il pouvait aussi se rendre à la gendarmerie pour déclarer la découverte. C'était l'option la plus rassurante, car elle réglerait définitivement l'affaire. Il faudrait un peu tricher sur les horaires, maquiller

quelques heures de latence, mais après tout, l'essentiel
était bien qu'ils retrouvent la somme dans son intégralité. Peut-être même qu'on lui accorderait une récompense
pour cet acte de bon citoyen, un petit pourcentage du
butin. Il calcula qu'un 1 % du total représentait presque
30 000 euros ! Ce n'était pas rien. C'était le triple de ce
qu'il devait encore rembourser à sa banque. Mais quelle
que soit sa décision finale, il fallait maintenant ranger
l'argent dans le sac et mettre celui-ci à l'abri, il devenait
dangereux de le laisser ainsi en évidence. Il réfléchit à
une cache possible. Il élimina d'emblée deux pièces de
l'appartement : la salle de bains, trop humide, et le
chambre de Tiffany, sanctuaire protégé. Il restait sa
chambre, la cuisine ou le salon. Il décida finalement de
le dissimuler sous son lit, dans une vieille couette d'hiver roulée en boule. Ce n'était pas très original, mais au
moins il serait facilement accessible en cas de besoin.

Vers 18 h, consultant sa montre, il constata que personne
n'était encore venu enfoncer sa porte, ni policier enquê-
teur ni malfrat au visage tailladé. Les trois millions d'euros végétaient maintenant sous son matelas et la vie semblait avoir repris son cours normal. C'était une donnée
supplémentaire à prendre en compte. Il retourna dans la
salle de bains et se planta face au miroir, curieux d'observer si de nouveaux traits étaient apparus sur son
visage. Il prit trois ou quatre poses différentes, mima
l'angoisse, la tranquillité, il finit même par esquisser un
sourire avant de se rendre à l'évidence, rien n'indiquait
chez lui la naissance d'un lourd secret. Il se trouvait protégé par cette bonne bouille suralimentée qui enrobait
tout à la fois ses peurs et ses craintes. Peut-être par bra-
vade, il éprouva alors l'envie de s'éprouver au contact de
cette réalité nouvelle. Continuer encore quelques heures
à faire comme si de rien n'était, mais pour de vrai, pas
en demeurant cloîtré chez soi. Il n'avait qu'à conserver

ses vieilles habitudes. Il pouvait par exemple monter sur la place du village et se rapprocher des boulistes. Ce serait un bon test pour débuter, et puis il avait ses repères là-bas. Il entreprit donc de rejoindre le haut du village. Gonflé par une énergie nouvelle, il effaça facilement la côte et rejoignit la place encore baignée de lumière. Il s'approcha du terrain à pas lents, escorté des derniers rayons du soleil, comme un acteur entre en scène dans le halo des projecteurs.

L'endroit était occupé par les boulistes. Le nouvel arrivant salua tranquillement son petit monde d'un geste de la main, les hommes répondirent distraitement en poursuivant les discussions en cours. Pour Benjamin, cette entrée en matière était plutôt réussie, personne ne prêtait vraiment attention à son cas. Il vint s'asseoir sur le banc près de la fontaine. Tout le monde avait les yeux rivés sur André qui avait pris place dans le cerceau. Il s'apprêtait à tirer une boule adverse, située à plus de huit mètres, c'était une belle distance, même pour un joueur comme lui. Benjamin aimait bien cet homme qui était un peu la mémoire du village. Il se souvenait qu'il venait parfois à la maison quand ses parents habitaient encore près du lavoir. Cela paraissait loin à présent. Dans un silence de cathédrale, la sphère en acier fendit l'air et vint éparpiller aux quatre coins du terrain des boules pas toujours ennemies. Un joli coup à l'aveugle qui permit quand même à son équipe de reprendre le point. André se gratta la tête, avant d'admettre, sur un ton amusé, qu'il avait eu de la chance. Il en fallait toujours un peu dans la vie…

La partie se termina finalement sur ce coup de billard qui offrit la victoire à l'équipe d'André. Christophe, qui avait un rendez-vous à honorer du côté de Vals-les-bains, dut quitter ses partenaires après cette dernière mène. Comme personne n'avait vraiment envie de rentrer chez lui et qu'il manquait maintenant un joueur,

André se tourna tout naturellement vers Benjamin.

— Tu joues avec nous ? demanda-t-il.

Ce dernier se tortilla sur son banc, il ne s'attendait pas à pareille proposition. Mais c'était aussi l'occasion d'étrenner son nouveau statut. Alors, il se redressa un peu et mobilisa toute son énergie pour formuler une réponse audible. Le son qui allait sortir de sa bouche se devait d'être clair.

— Pourquoi pas, mais je n'ai pas de boules, objecta-t-il en soutenant les regards.
— Pas de soucis, je peux t'en prêter une paire. Allez viens mon gars, tu feras le compte.

Le ton se voulait définitif. Benjamin ne fit pas d'histoires, ce n'était pas le jeu qui l'intéressait, mais le contact du petit groupe réuni en cercle. On tira les équipes. André le prit sous son aile, il choisit également Jérôme, le cantonnier, et Jérémie, le fils du garagiste, de bons gars, pas trop casse-pieds. Tout le monde avait l'air satisfait par la distribution des rôles.

— Commence si tu veux, proposa Jérémie.

Benjamin prit place dans le cerceau. À ce moment-là, tous les regards convergèrent vers lui. Il jugula une légère tension et s'efforça de faire abstraction du sac dissimulé sous son lit. D'un lancer, il projeta d'abord le cochonnet à plus de six mètres, l'écueil de la distance réglementaire venait déjà d'être évité. Il lâcha ensuite sa boule, sans faire de manières. Elle prit la bonne direction, mais s'arrêta cinquante centimètres avant la cible, pas extraordinaire pour une entrée en matière, mais au moins se trouvait-elle bien dans l'axe. Un autre prit alors

sa place dans le cerceau et les regards, tout naturellement, se déplacèrent avec lui. Benjamin se félicita de
cette alternance et de ce premier intérim réussi. Il pouvait donc répondre sans balbutier et jouer sans trembler,
avec des résultats pas si mauvais au final.
Entre deux lancers, André faisait régulièrement la
conversation avec les joueurs de l'équipe. À un moment,
il se rapprocha de Benjamin.

— Et ta mère, ça va ? demanda-t-il sur un ton amical.
— Plus trop de nouvelles depuis qu'elle a migré dans le
sud.

André n'insista pas.

— Et la petite ?
— De ce côté-là, tout va bien.
— Tu l'auras quand ?
— Elle viendra le week-end prochain.
— Alors passe ici, on lui paiera quelque chose à boire.

Benjamin le remercia pour la proposition, puis les deux
hommes se rapprochèrent de Jérémie qui venait de se
positionner face au cochonnet. Il était prêt à jouer, mais
quelque chose, au-delà du terrain de jeu, retint son bras
et son attention.

— Belle cylindrée, fit-il en se repositionnant. Et il désigna du doigt l'imposante moto grise argentée qui venait
de stopper près du bar.

Tous les hommes acquiescèrent, attendant son verdict
final, après tout c'était lui le fils du garagiste.

— Il y a au moins deux cent cinquante chevaux là-des-
sous. Moteur quatre temps, boite six vitesses, ça te
monte à 100 km/heure en à peine six secondes.

Les hommes hochèrent la tête, aussi impressionnés par l'engin que par l'expertise.
Jérémie se décida enfin à jouer.

— Putain de gravillons ! grogna-t-il après avoir lancé sa boule. Il y en a plus de ce côté-là, non ?
— Ouais, ça doit être ça, railla un adversaire.

Benjamin, lui, n'avait pas quitté le motard des yeux. De dos, impossible de deviner qui se cachait sous l'épaisse combinaison noire. Un homme ou une femme ? Un vieux ou un jeune ? L'inconnu effectua quelques pas en direction de la terrasse puis fit subitement demi-tour. Il repartit finalement sans rien acheter ni demander, sans même quitter ce casque qui devait l'étouffer.

— Bon, fais de ton mieux, dit Jérémie en laissant la place.

Benjamin s'approcha, c'était à son tour. Seulement cette fois, se dressait devant lui un véritable embouteillage, presque impossible à contourner. Sans trop y croire, André lui suggéra de passer par la gauche. À cet instant la moto démarra dans leur dos, effectivement elle en avait dans le moteur. Mais Benjamin ne regarda pas, il était déjà un peu ailleurs. Il se sentait maintenant dans son élément au centre du cercle, prendre la lumière ne lui faisait plus aussi peur. Quelque chose avait changé dans le paysage, dans son paysage intérieur. Il considéra l'amas de boules agglutiné devant lui et la sienne qu'il faisait rouler dans le creux de sa main. Et si c'était possible finalement ? Quand le bolide passa sur sa droite, il arma son bras et lâcha la sphère qui tournoya un temps dans les airs. Les deux entités avancèrent un instant dans un même élan. Puis la moto accéléra, laissant la boule de Benjamin se débrouiller toute seule. Elle frappa alors lourdement le sol, parvint à se faufiler entre trois blocs ennemis, en percuta un autre, et vint mourir à quelques centimètres du cochonnet.

— Bravo champion ! exulta André.
— Là, tu nous épates ! renchérit Jérémie.

Tout en claquant les mains de ses partenaires, Benjamin se répéta ces quelques mots doux, petites sucreries à déguster avant la nuit agitée qui se profilait. Il n'avait pas remarqué qu'au bout de la place, la moto venait de s'immobiliser.

2

Évidemment, il ne trouva pas le sommeil cette nuit-là. Les heures défilèrent sans lui laisser le moindre espoir d'apaisement. Les trois millions d'euros regroupées dans des liasses compactes de 50, 100 et 200 euros étaient le plus puissant des excitants. Il employa une majeure partie de son temps à détailler les scénarios, sages ou audacieux, qui s'offraient à lui. Les mêmes versions revenaient en boucle. Tantôt il replaçait l'argent dans sa cachette initiale, abandonnant les petites briques de papier à un sort incertain ; tantôt il frappait à la porte du commissariat, le sac à la main et la satisfaction du devoir accompli. Il imaginait les scènes, leurs conséquences immédiates et leurs possibilités à long terme. Mais aucune des deux propositions ne parvenait véritablement à s'imposer. Elles manquaient cruellement d'attrait et de perspectives. La vérité, maintenant, était qu'il avait bien envie de garder l'argent auprès de lui. Évidemment, ce n'était pas l'option la plus rassurante. D'autant qu'il existait une vraie inconnue autour du butin. D'où venaient ces billets ? Étaient-ils marqués ? Étaient-ils seulement utilisables en l'état ? Ce n'était pas des questions en l'air, elles conditionneraient toute la suite des opérations. Il allait avoir besoin d'un maximum d'informations pour éviter de naviguer à vue. Vers 4 h, il alluma son ordinateur portable et commença ses premières recherches sur internet. Il entra plusieurs intitulés « braquage, Ardèche », « casse à Aubenas », « vol plusieurs millions Ardèche ». Sans succès. Tous les résultats le renvoyaient à des affaires bien antérieures, et pour des montants autrement plus modestes.

Au petit matin, il monta sur la place. La boulangerie, qui avait déjà ouvert ses portes, proposait quelques exemplaires de presse régionale. Peut-être qu'il existait un délai entre la parution numérique et la version papier. Il acheta le journal et deux croissants, puis revint à l'appartement. Dans la cuisine, il déplia le quotidien sur la table, et tout en croquant dans les viennoiseries, éplucha chacune des pages. En vain, il n'y avait aucune trace de vol ni de braquage dans la région. Un peu déçu, Benjamin retourna dans le salon. Le soleil donnait maintenant dans la pièce, la journée promettait d'être douce et ensoleillée, mais ce surplace ne l'aidait pas beaucoup dans sa tâche. Il ressentit subitement l'impérieux besoin de revoir l'objet de ces tourments, sans doute pour s'y confronter. Il partit dans la chambre, extirpa le lourd bagage de sous le lit et le traîna jusqu'au canapé. Il ferma ensuite les rideaux de la pièce avant de faire glisser la fermeture éclair du sac. Toutes les liasses étaient collées les unes aux autres, attendant sagement une prochaine utilisation. Il en sortit une au hasard, la soupesa, puis la fit sautiller dans le creux de sa main. Elle se présentait comme une jolie marguerite à effeuiller. Il retira délicatement deux pétales de 100 euros. Ils représentaient l'équivalent de trois journées de travail, quatre pleins d'essence ou le prix de son ordinateur d'occasion. Il décida de poursuivre la cueillette et saisit une autre pincée de billets, plus épaisse, qu'il disposa en une ligne régulière devant lui. $16 \times 100 = 1\,600$, soit bien plus que son salaire mensuel, même en incluant un maximum de primes. Curieusement, au petit jeu des comparaisons, il manquait de référence pour tout ce qui était achat comptant. Que pouvait-on s'offrir pour 1 600 euros ?

Il mit un certain temps avant de s'accorder sur trois ordinateurs neufs, un scooter, et peut-être une croisière en méditerranée dans une cabine avec balcon, mais il n'était pas si sûr pour la croisière. Il reprit la liasse entamée, elle était encore si massive, si généreuse. Il préleva cette fois la moitié des billets restants et les déposa à côté des seize autres. Cela faisait maintenant cinquante-huit. Pour multiplier, c'était facile, on ajoutait deux euros au nombre initial, soit 5 800 euros. Il tenta de se concentrer sur un seul achat, il n'allait tout de même pas multiplier le nombre d'ordinateurs portables à l'infini. Mais il n'avait pas l'habitude des projets de cette envergure. Il resta dans le convenu de son régime social : une belle voiture d'occasion ou l'acquisition d'un mobil-home en fin de vie (il s'était un temps renseigné sur cette possibilité avant d'emménager ici).

Il s'aperçut que plus la somme grandissait, moins il avait d'idées. Il délaissa finalement la liasse entamée, un peu restrictive, et s'amusa à faire planer sa main dans les airs. Après deux ou trois survols de la table, elle plongea tout à coup à la verticale, comme le rapace fond sur sa proie. Elle rapporta à la surface deux nouvelles offrandes. Sans prendre la peine de les ouvrir, il fit un rapide calcul de tête.

$100 \times 100 = 10\ 000$, $50 \times 100 = 5\ 000$. $10\ 000 + 5\ 000 = 15\ 000$.

Alors ? Que faire de ces deux briquettes ? S'installer au volant d'une voiture neuve ? S'engager pour un tour du monde ?

Tout cela lui paraissait en vérité bien abstrait. Il y avait tout de même une référence qui faisait sens, toujours la même en fait, comme un point d'ancrage. 15 000 euros, c'était plus ou moins ce qu'il gagnait en un an à l'usine.

Il y avait donc, réunie dans ces deux paquets de 100 grammes, une année de sueur et de labeur, et dans ce sac, sans doute plusieurs vies de forçat.

Non, il n'allait pas redonner cet argent. C'était se condamner à vivre misérablement pour le restant de ses jours. Seul un homme riche, un homme libéré des contraintes de l'existence, pouvait faire ce choix. Lui au contraire était condamné à s'accrocher à ce sac comme un naufragé à sa bouée de survie. Sa décision maintenant était prise, et son plan de vol tout tracé. Il lui suffirait de laisser filer quelques semaines en évitant de se faire remarquer. Une première nuit était déjà passée et le cap des vingt-quatre heures serait bientôt franchi. Cela signifiait que son stratagème avait fonctionné. Personne n'était sur sa piste, et chaque jour passé sans encombre le rapprocherait de son but. La police finirait bien par lâcher du lest, elle aurait vite d'autres casses et d'autres affaires à traiter. Quant aux braqueurs, ils étaient peut-être déjà sous les verrous. Avec tous ces flics à leurs trousses, ils n'avaient pas dû aller bien loin. Finalement, le terrain semblait plus dégagé qu'il n'y paraissait. Il y avait bien le motard aperçu hier soir sur la place, avec sa visière baissée et sa grosse cylindrée, mais ce pouvait être aussi une simple coïncidence.

Plus le temps passait, plus Benjamin s'enhardissait, la fatigue avait laissé place à l'excitation, et elle allait crescendo accompagnant la valse des cafés et les projections rassurantes. Il y avait tout de même un hic dans son parfait scénario. Il ne savait toujours pas s'il pouvait utiliser l'argent en l'état. Y avait-il un risque à présenter un de ces billets à la caisse d'un magasin ? Si c'était le cas, autant tout laisser tomber et remettre le bagage dans la nature ou dans l'arrière-salle d'un commissariat. D'une manière ou d'une autre, et malgré ses vœux de prudence, il devrait bientôt en avoir le cœur net, faire un test, un seul, pas pour s'enrichir, juste pour savoir de quoi son avenir serait fait.

À 11 h 17, tomba enfin sur internet l'information qu'il attendait tant. Le journal « La montagne » dans sa rubrique « faits divers » faisait état d'un braquage qui avait eu lieu la veille dans la ville d'Aubenas. Benjamin parcourut attentivement chaque ligne de l'article, assez bien détaillé pour une brève de dernière minute.
Hier après-midi, à Aubenas, cinq individus masqués ont attaqué un fourgon blindé chemin des fontaines. Un des vigiles a été mortellement blessé au cours de l'assaut. Les assaillants ont pris la fuite à bord de deux véhicules. Une des voitures a pu être interceptée, l'autre a réussi à s'échapper. Le butin, dont le montant n'a pas encore été communiqué, n'a pas été retrouvé.

Benjamin relut plusieurs fois le texte. Le puzzle était incomplet, mais son contour prenait forme. Il comprenait mieux pourquoi les deux hommes avaient décidé d'abandonner le sac en pleine forêt. Ils connaissaient sans doute la route en serpentin qui menait au col de Mézilhac et la savaient sans échappatoires. L'article ne disait pas comment ils étaient entrés dans cette souricière, mais cela expliquait pourquoi ils avaient préféré abandonner le magot avant de buter sur le barrage, inévitable, qui allait se dresser devant eux. Parce que s'il y avait vraiment une seconde voiture (et sur une route différente), cela changeait la donne. Leur plan était sans doute le suivant : cacher le sac, puis informer par téléphone le reste de la bande, en espérant que celle-ci puisse venir le récupérer après leur passage, et éventuellement l'arrestation qui se profilait. Ce n'était pas idiot, loin de là.
Ni très rassurant d'ailleurs, car cela signifiait que leurs complices allaient bientôt venir roder dans le coin. Benjamin songea de nouveau à la moto grise et à son mysté-

rieux conducteur, mais il se sentait encore protégé entre les quatre murs de son appartement. Forces de l'ordre ou voleurs, ils auraient bien du mal à remonter jusqu'à lui. Hier après-midi, il n'avait croisé personne sur le sentier, ni à l'aller ni au retour, et il avait mis moins de cinq minutes pour réaliser le transfert du sac jusqu'à son appartement. L'opération s'était faite en toute discrétion. À condition de continuer à mener sa petite vie de manœuvre et de ne pas commettre d'impairs, il resterait à l'abri des soupçons. Évidemment, pour le test qui s'imposait, il devrait patienter un peu, attendre une fenêtre de tir. Sa tâche dans l'immédiat était de se recentrer sur les impératifs présents. Et avant toute chose, il avait besoin de dormir. C'était une donnée physiologique qu'il ne pouvait négliger, l'insomnie serait sa pire ennemie, elle finirait par le pousser à la faute. Il avait bien tenté de s'allonger quelques minutes sur le canapé du salon, mais sa tension était telle qu'il était incapable de s'abandonner au sommeil. Il décida d'insister et refit plusieurs tentatives, et vers 13 heures, il réussit enfin à faire une micro-sieste, rien de significatif, juste quelques minutes volées au tourbillon, mais après un jour complet de veille, cela lui permit de se régénérer un peu.
En fin d'après-midi, il hésita à sortir marcher dans le sentier, mais il considéra vite que ce n'était pas la chose à faire. Dans l'immédiat, il valait mieux éviter cette zone, et pour quelques semaines encore. Comme il n'avait pas envie de retourner sur la place, il resta donc à l'appartement à ressasser les mêmes idées et les mêmes craintes. Cette nuit-là fut encore plus éprouvante que la précédente, il avait replacé le sac sous son lit, mais toutes les liasses se trouvaient encore bien rangées dans sa tête, si compactes, si nombreuses, qu'elles occupaient à présent tout son espace.

Finalement, lorsque le réveil sonna, lundi à 4 h du matin,

pour une fois ce ne fut pas un désagrément. D'abord parce qu'il ne dormait pas, mais surtout parce que ce long sifflement ordonnait enfin le retour à l'action. Elle serait mécanique, répétitive, et certainement harassante vu son degré de fatigue, mais elle valait mieux que de rester cloîtré entre quatre murs, à échafauder des scénarios hasardeux. Au moment de quitter l'appartement, il eut quand même une hésitation. Partir trimer pour 8 euros de l'heure en abandonnant ici trois millions sans la moindre protection, c'était assez angoissant, pour ne pas dire surréaliste. Seulement, il n'avait pas le choix. En attendant que l'horizon se dégage et que son plan de route soit plus lisible, il ne devait rien changer à ses habitudes ni à son médiocre statut.

Après avoir fermé la porte de son appartement à double tour, Benjamin démarra donc la Clio et son moteur souffreteux et reprit le chemin de l'usine. Même horaire, même trajet (avec un petit pincement au cœur lorsqu'il repassa devant l'arbre tordu), et à l'autre bout de la corde, son équipe en blouse grise qui l'attendait devant l'atelier de production. Les premières heures furent extrêmement pénibles. Placé en bout de chaîne, il voyait les pots de crème de marrons revenir vers lui, inlassablement, telles des vagues de bord de mer. C'était des offensives qu'il peinait aujourd'hui à contenir, l'engourdissement de ses sens était naturellement son principal ennemi. Heureusement, même amoindri, il conservait intact sa technique de cartonnage, elle lui permit de se maintenir à flot jusqu'au coup de gong de 11 heures. Il put alors quitter son poste et rejoindre le reste de l'équipe dans la pièce de garde. Les hommes se trouvaient attablés et avaient déjà sorti leur repas. Francis, et de loin, était le plus vorace de tous, mais c'était aussi un fin gourmet, capable de digressions étonnantes sur des thèmes aussi originaux que la cuisson de l'œuf parfait ou la meilleure façon de préparer une sauce hollandaise. Ce jour-là, après avoir avalé son bol de crudités, il sortit du four micro-ondes un assortiment riz-crevettes relevé par un assaisonnement curry-coco. Du grand art. Sa fourchette à la main, il s'étira un peu sur sa chaise, puis commença cérémonieusement sa dégustation. Entre deux bouchées, il s'autorisa un aparté assez inhabituel.

— Vous avez vu à Aubenas ? Il parait qu'ils se sont faits serrés pas très loin d'ici, sur la route de Laviolle.
— Ouais, juste avant le croisement du froment, relaya Kévin.
— Comment tu sais ça toi ?
— C'est ce qui se dit.
— Et l'argent ? interrogea Germain.
— Toujours pas retrouvé. Le magot était dans l'autre bagnole, celle qui s'est barrée par la nationale. Il y en aurait pour 1 million.

Tout le monde garda le silence, c'était le genre de nombre sur lequel on aimait méditer. Peut-être aussi qu'ils essayaient de se représenter la somme. Benjamin, son sandwich au poulet à la main, aurait pu leur expliquer que c'était peine perdue.

— Pourquoi ils ont pris deux routes différentes ? reprit finalement Germain.
— Chais pas, dit Francis, en tout cas, sur la route du col, ils étaient mal barrés les gars.
— Ils n'ont peut-être pas eu le choix, intervint Benjamin.
— Oui, ils ont dû se retrouver coincés. Tu n'as rien vu toi ? Il parait qu'ils sont passés par ton village.

Benjamin secoua la tête en signe de négation.

— À l'intérieur, fenêtres fermées, je n'entends pas la départementale.

— Et l'hélico ? Il parait qu'il y avait un hélico.

— Pas entendu non plus.

— C'est quand même fou cette histoire. Un braquage à Aubenas qui rapporte un million d'euros !

— Ils devaient être bien informés, fit Kevin. En tout cas, une chose est sûre, c'était pas des amateurs.

— Sûr, ça a tout de même fait un mort.

Il y eut un silence gênant. Cette fois, personne ne fit de commentaires, les hommes dissertaient moins facilement dans ce registre. C'est finalement Germain, un peu parti dans ses pensées, qui fit la transition.

— En tout cas, moi je sais ce que je ferais avec l'argent. Au Lavandou, je m'offrirais une belle villa aux couleurs provençales, avec piscine à débordement et vue imprenable sur la mer. J'en ai ras le bol de me taper chaque année le camping des citronniers.

— Perso, j'achète direct la M8 compétition de BMW, la version cabriolet, renchérit Kevin.

Tout en avalant deux nouvelles crevettes jaune orangé, Francis les toisa du regard.

— Vous manquez vraiment d'imagination les gars. Tout ça, c'est du classique, villas, belles cylindrés… C'est pas un projet de vie. Moi, si on me donne un million, je monte un restaurant haut standing, minimum deux étoiles, j'embauche les meilleurs cuisiniers, tous avec des spécialités bien différentes, et chaque midi, je me casse le ventre en surveillant la caisse.

On s'inclina devant le concept, mêlant l'utilitaire et l'épicurien.

— Et toi, Ben ? demanda Germain.

— Quoi ?

— Qu'est-ce que tu ferais avec un million d'euros ?

Benjamin sourit.

— Déjà, je te laisserai faire les deux prochains jours fériés.

Tout le monde partit dans un franc éclat de rire.

— C'est sûr, rigola Germain, t'auras d'autres choses à foutre que de venir bosser pour 80 balles.

— Pour le reste, je ne sais pas trop, ajouta Benjamin en se grattant le menton.

— Allez vaut mieux arrêter de parler de ça. On se fait du mal. Je ne l'aurai jamais ma super villa en bord de mer. D'ailleurs, même avec 1 million, je suis loin du compte, faut voir le prix de l'immobilier sur la côte ! Et le mobil-home des citronniers, c'est pas si mal après tout. Monique a ses petites habitudes là-bas.

— Ça fait quand même du bien de rêver un peu, sourit Francis en terminant son assiette.

Il restait encore une heure et demie à tirer après cette pause déjeuner. Benjamin fut chargé de nettoyer une partie des cuves au Karcher et les 30 mètres carrés du sol de l'atelier, devenu glissant par endroits. La main sur le balai à serpillière et un œil sur l'horloge, il trouva ces dernières minutes bien élastiques. Les villas, les restaurants étoilés et les bolides de compétition paraissaient loin tout à coup.

À 13 h, sonna enfin la libération, mais le répit fut de courte durée. Sitôt installé au volant de la Clio, un autre ennemi, insidieux, en profita pour sortir de l'ombre. Sans prévenir, la fatigue lui tomba dessus, elle fit l'effet d'une masse. Anesthésié par le roulis mécanique et l'enchaînement des virages, il sentit ses paupières s'affaisser. La décompression, inévitable, tombait au plus mauvais moment. Elle obligea Benjamin à reprendre la lutte. Il baissa d'abord la vitre et mit sa tête au vent, mais cela ne suffit pas. Son corps menaçait vraiment de lâcher prise. Il saisit alors la bouteille d'eau à demi-entamée qui végétait sur le siège passager et s'aspergea le visage à intervalles réguliers. De son autre main, il n'hésitait pas à se pincer régulièrement la cuisse. Il parcourut les trois derniers kilomètres dans cette curieuse position, une partie du visage à découvert et un de ses membres en martyrisant volontairement un autre. Enfin parvenu dans l'impasse, il gara la voiture devant sa porte, se traîna jusqu'à l'appartement, referma à clé, et s'affala de tout son long sur le matelas sans même prendre le temps de se déchausser. Cette fois, le K. O. était consumé. Il dura plus de trois heures.

À son réveil, ce fut horrible. Il avait l'impression d'avoir le crâne pris dans un étau. Il dut prendre coup sur coup deux cachets de paracétamol pour desserrer l'étreinte. Ce n'est qu'au bout de quinze minutes que la pression diminua un peu. Il reprit alors quelques activités simples, il but quelques centilitres de jus d'orange dans la cuisine, vérifia que le sac de sport était encore bien sous le lit, et ouvrit en grand les rideaux du salon. Il alluma ensuite l'ordinateur à la recherche d'articles sur le braquage, mais aucune nouvelle parution n'était sortie dans la presse en ligne. Il se rappela la conversation à l'usine et les quelques informations qu'il avait réussi à glaner. Le bouche-à-oreille paraissait plus efficace que les organes officiels. Benjamin hésitait à monter sur la place, physiquement il se sentait encore amoindri, mais il se dit qu'il pourrait peut-être apprendre quelque chose de nouveau là-haut. Il dut néanmoins se faire violence pour aborder l'horrible côte et sa portion à fort pourcentage. Sa tête le laissait enfin tranquille, elle ne tambourinait plus comme tout à l'heure, mais son corps semblait vide d'énergie. C'est le cœur battant et les joues rougies par l'effort qu'il retrouva l'enceinte circulaire et les boulistes réunis autour du terrain de jeu. Essoufflé, Benjamin les compta rapidement et fut soulagé de tomber sur un nombre pair. Il n'avait pas envie aujourd'hui de participer à une de leurs parties, sans doute aussi parce que « l'autre » était revenu rôder dans les environs. Avec sa faconde envahissante et ses manières insupportables, il occupait déjà tout l'espace. Benjamin hésita même à approcher, mais sa curiosité restait la plus forte. Il se contenta d'un salut à la volée et vint s'asseoir à sa place habituelle, sur le banc près de la fontaine, légèrement en retrait. Pour la chasse aux informations, c'était mal parti.

« L'autre », c'était Louka. Difficile de définir exactement la raison originelle de cette aversion. Dès le collège, Benjamin avait ressenti une forme de défiance qui ne s'était jamais démentie. Louka était un petit con prétentieux et arrogant à 13 ans, il était resté le même, en plus massif et plus bruyant. L'apparition de l'alcool dans sa vie n'avait rien arrangé. Lorsqu'il avait bu, ce qui était maintenant quotidiennement le cas, il devenait plus détestable encore. Avec son sens de la répartie, il avait toujours un petit mot sournois pour piquer son interlocuteur. Rien ne semblait devoir le remettre en question. Même le départ de sa femme, qui lui avait certainement dit ses quatre vérités avant de claquer la porte, ne l'avait pas plus chamboulé que cela. Il attendait sans doute de retrouver une autre victime, plus docile et plus jeune, à qui faire partager ses excès quotidiens. Pourtant, sachant tout cela, Benjamin avait quand suivi ses conseils. Il avait commis cette terrible stupidité. Pour faire confiance à un tel con, ne fallait-il pas en être un soi-même ? C'était sans doute ce que devait penser Louka, même s'il y mettait encore les formes lorsqu'ils se croisaient. La dernière fois, à l'épicerie, il avait même engagé la conversation, mais c'était en petit comité et il n'avait pas encore éclusé tout ce qu'il s'apprêtait à acheter. La plupart du temps, les deux hommes essayaient de s'ignorer, comme ce soir. Ils avaient fait le choix de laisser courir cet arriéré conséquent et chacun prolongeait ce statu quo par une froide indifférence. Mais ce n'était pas toujours facile.

Sur son banc, Benjamin avait commencé à s'agacer, parce que l'autre en faisait des tonnes, comme à son habitude. Il pérorait entre chaque point, ramenant sans cesse l'attention sur lui. Ses rodomontades n'avaient rien à voir avec la partie en cours, il était d'ailleurs un assez piètre bouliste, mais comme c'était un des rares gars du village à descendre au casino de Vals-les-bains, on avait régulièrement droit au récit de ses exploits, toujours magnifiés par l'alcool et l'absence de contradicteurs. Ce soir, il avait encore réussi à harponner deux anciens au teint rougeaud, des types à qui on pouvait raconter n'importe quoi, alors Louka s'en donnait à cœur joie.

— Là, je dis au croupier, banco sur le noir. Alors qu'il était déjà sorti trois fois de suite ! Niveau probabilités, on était proche du 10 contre 1. La boule tourne un petit moment dans le socle, incertaine, puis elle s'arrête sur le 5 noir. 1 000 euros dans ma fouille.

— 1 000 euros d'un coup ?

— Ouais, j'avais misé 500. Mais, c'est pas fini. J'encaisse les mille, je garde quand même 900 balles, parce que je ne suis pas fou non plus. Et avec les cent qui restent, je mate le croupier et j'annonce : 5 noir.

Comme ses deux interlocuteurs ne semblaient pas réagir, Louka précisa :

— C'était le numéro qui venait juste de sortir.

— Le numéro qui venait de sortir ? répéta l'un des vieux, incrédule.

— Ouais. Même le croupier a marqué le coup, et pourtant ils ont des consignes strictes sur les émotions. Là, je vois des gens qui commencent à se rapprocher de la table, genre curieux. Il y a des moments comme ça où tu sens qu'il se passe quelque chose.

— Et ?

— À ton avis ?

— 5 noir ?

— Ce n'est même pas ça le plus beau. C'est la façon dont la boule a filé direct vers la case, sans un rebond, sans une hésitation. Comme si elle était téléguidée.

— Et combien t'as gagné ?

— 35 fois la mise. 3 500 euros.

— C'est pas possible une veine pareille !

— De la chance ? Je sais pas, ça m'arrive souvent quand même.

Benjamin lorgna du côté d'André qui commençait à s'impatienter. C'était à Louka de jouer, mais parti comme il l'était, difficile de l'arrêter.

— Je me dis parfois que je pourrais m'arrêter de bosser. Tu vois avec un coup comme celui d'hier soir, je serais tranquille pour un ou deux mois.

— Tu gagnes pas tout le temps quand même.

— Non, bien sûr. Y a aussi des jours sans. Mais dans l'ensemble, j'ai vraiment pas à me plaindre. Si j'ajoute ce que me rapportent les parties de poker en ligne et les courses du PMU, ça me fait un petit revenu mensuel franchement pas dégueulasse.

— Bon, tu joues maintenant ! s'énerva André.

— J'arrive, j'arrive.

Louka se positionna dans le cercle et fit claquer ses deux

boules l'une contre l'autre. Il avait l'air tout excité, il était dans une de ses phases ascendantes.

— Je tire, non ?
— Essaie plutôt de reprendre le point, fit André. On a deux boules en moins, on pourra pas tenir, il vaut mieux limiter les dégâts.

Louka soupesa la sphère entre ses doigts, tous les regards étaient de nouveau tournés vers lui, il adorait ça. Parader était une seconde nature chez lui. Il avait certaines qualités pour cela. Au niveau vestimentaire, il soignait ses tenues. Depuis quelques années, il avait opté pour le genre chic et décontracté, avec le jean Lévis à 150 euros et le polo Ralph Lauren dans les mêmes eaux. Il répétait souvent que c'était son métier qui l'exigeait. Il avait eu la chance de rester svelte malgré la quantité astronomique d'alcool qui coulait dans ses veines, et il savait très bien utiliser son regard méditerranéen pour charmer ou intimider. À une époque, avant que le whisky ne devienne son véritable compagnon de route, on pouvait dire qu'il savait y faire pour séduire les dames et imposer ses vues auprès des messieurs. Alors que tout le monde attendait son lancer, il fit trois pas en avant pour examiner le terrain, dégagea quelques gravillons du bout du pied et revint se placer dans le cerceau.

— Je préfère tirer.
— C'est pas le jeu, s'agaça André.
— Je tire, Michel pointera après.

Ses yeux étaient déjà rougis par l'alcool, il était inutile espérer lui faire entendre raison. Il arma son bras et le laissa quelques secondes en suspension, sans doute pour mieux imposer le silence. Quand il fut bien certain d'avoir aimanté tous les regards, il lâcha sa boule qui fila sur sa cible, en épousant une belle trajectoire bombée. Elle la percuta de plein fouet, avec un claquement sourd qui résonna dans toute la place. Tout ce qu'appréciait Louka, le bruit et le choc, loin des petits chemins anonymes qui conduisaient vers l'insignifiant cochonnet. Il se redressa, assez fier de lui, les autres le congratulaient pour le joli coup. Tactiquement hors sujet, mais pour le rendu, il n'y avait pas photo.

Benjamin resta quelques minutes encore assister à la défaite, inéluctable, d'André et son équipe. Pour les informations qu'il était venu chercher, il faudrait repasser. André, agacé par la tournure des événements, s'était renfrogné, laissant Louka alimenter une conversation qui tournait évidemment autour de sa petite personne. Il devenait inutile de rester davantage, Benjamin en avait assez vu et entendu comme cela, et il profita de la pause pour s'éclipser. Sur le chemin du retour, il se rappela, avec une certaine appréhension, qu'il lui faudrait accueillir Tiffany samedi prochain. C'était dans cinq jours à peine. Était-il vraiment en mesure de la recevoir en toute sécurité ? Tout semblait plus complexe à présent. Dans l'ordre des choses, il faudrait déjà trouver une meilleure cachette pour l'argent, un endroit inaccessible à l'enfant. Il devrait également se délester de cette crainte permanente qui l'empêchait de trouver le sommeil, et surtout prier pour qu'aucune complication ne survienne durant le séjour de la petite. Il tenta de se rassurer en se répétant que tout était revenu à la normale. Cela faisait plus de deux jours qu'il avait mis la main sur le sac, et personne encore ne s'était manifesté.

Le principal problème, c'était lui, et le rapport entre sa conscience et ses humeurs. Benjamin s'en voulait de ne pas être plus endurci. La marche à suivre n'était pas si difficile à tenir. Il n'avait qu'à faire le mort et continuer à vivre selon les codes préétablis : emballer des pots à l'usine, sourire aux blagues des collègues, compter le moindre euro, et accueillir Tiffany un week-end sur deux. Sa couverture, c'était son quotidien morose, avec la venue de son petit rayon de soleil à la fin de chaque quinzaine. Alors, en passant devant l'épicerie tenue par Marco et Lisa, il se promit d'acheter vendredi soir de quoi faire des crêpes, il prendrait également un grand pot de Nutella, car sa fille adorait ça. Lui aussi d'ailleurs. Samedi après-midi, il pourrait l'emmener se balader un peu en forêt si le temps le permettait. En cas de pluie, peut-être qu'il aurait le courage de repartir jusqu'à Aubenas, il y avait un Royal Kids à l'entrée de la ville, mais ce n'était pas donné, avec le goûter et les boissons, il ne fallait pas compter s'en sortir pour moins de 20 euros. Sur ce plan c'est vrai, les lignes avaient bougé de manière singulière. Il avait un compte en banque qui clignotait aussi rouge qu'un camion de pompier, et para-doxalement, il possédait sous son matelas de quoi rache-ter le parc à jeux de la ville. Sans aller jusque-là, un mal-heureux petit billet prélevé dans la masse aurait suffi pour couvrir toutes les dépenses du week-end. En enten-dant tout à l'heure Louka fanfaronner sur sa réussite au casino, lui était revenue l'idée du change qui trottait tou-jours dans un coin de sa tête. Pour lui, ce serait loin des caméras, des contrôles d'identité, et du regard des curieux. Il avait échafaudé un plan bien plus simple. Par-courir cinquante kilomètres au nord du département, dénicher un village sans histoires, et dans un commerce rural isolé, tendre innocemment un billet de 50 euros pour voir s'il passait l'obstacle. Payer pour voir en quelque sorte. L'idéal était d'attendre quelques semaines de plus avant de passer à l'action, mais ce n'était pas si simple. Il ressentait vraiment le besoin de savoir si le jeu en valait la chandelle, parce que dans le cas contraire, il serait peut-être encore temps de changer ses plans.

Il approchait de l'impasse, perdu dans ses calculs d'apothicaire, lorsqu'il fut dépassé sur sa droite par une grosse berline, une sportive qui roulait au ralenti. Elle sembla un temps hésiter sur le chemin à prendre, puis elle clignota au bout de la rue pour rejoindre la route départementale. Benjamin ne l'avait encore jamais croisée au village. Elle lui rappela immédiatement le modèle entrevu samedi après-midi, même ligne, même couleur noir jais. Ce ne pouvait évidemment pas être le prototype qui avait terminé sa course dans les filets tendus par la police. N'empêche que la perspective était troublante. Et lorsque le bolide accéléra bruyamment après le stop, Benjamin tendit l'oreille pour mieux distinguer le rugissement de la bête, rien à voir avec le moteur des multiplaces familiaux qui sillonnaient l'Ardèche à la belle saison. Dommage, il était un peu loin pour lire la plaque d'immatriculation. Il se raisonna et se dit que quelqu'un avait peut-être cassé son plan d'épargne au village, il se renseignerait au garage auprès de Jérémie. Ou alors, c'était un de ces curistes fortunés de Vals-les-Bains, un bourgeois du littoral qui se serait égaré dans le coin. D'ailleurs, la voiture était bien repartie en direction de la cité thermale.

Revenu à l'appartement, il fila tout de même dans sa chambre vérifier que le sac était toujours dans la couverture roulée en boule sous le matelas. C'était bien le cas, les trois millions d'euros n'avaient pas bougé d'un cil. Il prit ensuite le combiné du téléphone fixe et s'installa dans le vieux fauteuil en tissu beige du salon. Il avait pris l'habitude d'appeler Tiffany le lundi soir, après son premier jour d'école, elle avait toujours beaucoup de choses à raconter. Il pianota les huit numéros de Valence, mais dut s'y reprendre à deux fois à cause de ce fichu trois qui refusait de s'afficher. À la seconde sonnerie, sa fille répondit directement, avec sa petite voix de crécelle.

— Coucou papa !

— Comment tu sais que c'est moi ?

— C'est marqué sur le téléphone.

— C'est marqué « papa » ?

— Non. « Benjamin », mais je sais que c'est toi.

Mal à l'aise dans le fauteuil déplumé, Benjamin se leva et se dirigea finalement vers la chambre de l'enfant. Il alluma la pièce et prit place sur son petit lit blanc.

— Je ne te dérange pas, tu n'étais pas en train de manger j'espère ?

— Non, pas encore.

— Bon, alors dis-moi, qu'est-ce que tu as fait de beau ce week-end ?

— Hier après-midi, on est allés avec maman et Nicolas à la fête foraine. J'ai fait un tour de grande roue, expliqua la gamine tout excitée.

— La grande roue ? Tu n'as pas eu peur ?

— Un peu.

— Elle monte haut ?

— Oui, on voyait même les montagnes, celles où tu habites.

— Ah bon ? Dis donc, elle doit vraiment aller haut cette roue.

— Et tu sais ? Aujourd'hui la maîtresse a donné les rôles, fit Tiffany, changeant complètement de sujet.

— Et alors ?

— Princesse ! hurla Tiffany dans le combiné.

— Prin-cesse, reprit son père admiratif.

— Et je serai la seule, il n'y en aura pas d'autres !

— Je suis bien content. Tu vas pouvoir mettre la belle robe que tu as reçue à Noël.

— Oui, mais maman va m'acheter d'autres accessoires.

— Peut-être que tu pourrais amener ton costume ce week-end. Tu me feras voir comment tu le portes.

— D'accord, mais tu n'oublies pas que c'est un jeudi.
— Quoi donc ma chérie ?
— Le spectacle, ce sera un jeudi.
— Non bien sûr, je n'ai pas oublié, fit Benjamin en baissant d'un ton.
— Et toi ? reprit-il. Qu'est-ce que tu voudrais faire samedi prochain ?
— Je ne sais pas, répondit Tiffany, pour qui tout cela semblait très loin.
— Tu voudrais aller à Royals Kids ?
— Oui, peut-être.
— On pourrait aussi se balader dans les bois.
— Je ne sais pas.
— En tout cas, je te prévois des crêpes pour samedi soir, comme d'habitude.
— Avec du Nutella ?
— Oui, et de la crème de marrons.
— Je préfère le Nutella, trancha l'enfant.

En raccrochant, quelques instants plus tard, Benjamin fit la liste de tout ce qu'il venait de soumettre à sa fille : le Royal Kids à Aubenas, la balade dans les bois et les crêpes au Nutella, il avait même ajouté un Coca au bar et le Mac Do sur la route du retour. Tiffany n'avait rien demandé, elle n'était pas du genre capricieuse, mais il se sentait parfois dans la peau d'un représentant de commerce obligé de vendre son produit. C'était l'inclination naturelle de leur relation. Il lui arrivait de surjouer, et il soupçonnait Tiffany d'en faire autant. Jamais un caprice ni une bouderie lorsqu'elle se trouvait chez lui, cela en devenait suspect. Elle aussi, du haut de ses six ans, devait mesurer la fragilité du lien, et inconsciemment, tenter de le protéger. Il referma la porte de la chambre, passa dans la cuisine et prit une eau pétillante dans le réfrigérateur. Il dut baisser le thermostat car le moteur du frigo faisait vraiment un drôle de bruit. Il décapsula la canette en reprenant sa place dans le fauteuil. Avec sa fille, il aurait aimé avoir une relation plus simple, tissée sur le fil du quotidien, mais la fracture géographique condamnait toute possibilité de rapprochement. Il en était réduit à ce rôle de composition, père un week-end sur deux, autant dire un rôle mineur dans la vie de Tiffany.

Le déshonneur ne s'arrêtait pas aux considérations filiales. Même financièrement, il peinait à assumer ce statut. Tout à l'heure, il avait promis bien des choses, mais il avait à peine 30 euros à consacrer à leurs retrouvailles, et encore, il faudrait soustraire les frais d'essence pour l'aller-retour à l'aire de Montélimar nord. Depuis trois ans, l'essentiel de sa paie passait dans le loyer, le règlement de la pension et le remboursement de la dette, trois incontournables qu'il s'échinait à honorer. Alors, il laissa de nouveau venir à lui la perspective interdite. Il se rêva à poser le lourd sac de sport sur la table et à prélever trois ou quatre billets pour améliorer son quotidien. Après tout, que risquait-il ?

Gros, évidemment, il risquait gros. Il ignorait tout des nouvelles technologies utilisées par les banques et ne savait rien de la provenance des billets, s'ils étaient marqués, si leur numéro de série avait été relevé. La police, étonnamment silencieuse depuis le braquage, allait sans doute scruter leur résurgence avec attention. Par quels moyens ? Peut-être grâce aux détecteurs de faux billets dont étaient munis la plupart des magasins. Il n'était pas impossible qu'ils servent également à lancer l'alerte en cas de vol. Il manquait encore d'informations et savait ce qui l'attendait en cas d'impair. Il ne devait pas attirer l'attention sur lui, bref ce n'était pas encore le moment de changer de vie. Il restait tout de même un point capital qu'il n'avait pas encore tranché, une épine dans le pied dont il n'arrivait pas à se débarrasser, c'était le besoin impérieux de connaître la viabilité de son plan. C'était vital, moins pour se rassurer que pour se donner la force de tenir encore trois ou quatre mois enfermé dans cette vie. L'un dans l'autre, il lui fallait régler la question, et sans tarder. Il avait défini le mode opératoire, pour la toute première fois il envisagea une date. Il se dit que mercredi, jour des enfants, serait un jalon symbolique pour cette première et unique expérience, pour savoir enfin si son espérance était fondée ou déjà mortnée.

Le jour suivant, Benjamin partagea sagement son temps entre son lieu de travail et l'appartement. Il ne s'autorisa qu'une sortie, un rapide saut à l'épicerie en fin de journée. Cette existence monacale ne fut en rien troublée par de nouveaux événements et il en fut presque surpris. À l'usine, on ne parlait plus du braquage, le soufflé était retombé, faute de nouveaux rebondissements dans l'affaire. Régulièrement pourtant, Benjamin scrutait le journal et les actualités internet avec attention, mais hormis un récapitulatif de quelques lignes dans le quotidien « La Montagne », rien n'avait filtré sur la procédure en cours. Est-ce que l'enquête piétinait ou bien au contraire la police tenait-elle une piste sérieuse qu'elle gardait au chaud ? Benjamin avait renoncé à questionner son entourage, il aurait été suspect de trop s'intéresser au sujet. Il aurait pourtant aimé connaître l'identité du binôme tombé dans leurs filets. Qui étaient ces deux hommes ? Appartenaient-ils à une bande organisée ? Laquelle ? Faute de réponses, il avait reporté son attention sur l'expédition qu'il avait programmée pour le lendemain. Le calme relatif autour du village l'avait conforté dans son choix. Bien menée, l'opération ne prendrait pas plus de dix minutes, dix minutes pour savoir de quoi son avenir serait fait. Il avait réfléchi à la question et il lui semblait que l'Ardèche était l'endroit idéal pour effectuer cet essai. Il connaissait plusieurs bourgades isolées sur la route qui menait à Privas, là-bas les gens seraient sans doute moins soupçonneux, et surtout moins réactifs si l'affaire venait à mal tourner. Il peaufina son plan une bonne partie de la soirée. Sur une feuille, il avait listé tous les scénarios envisageables, et noté en face de chaque possibilité la parade appropriée. Il avait ainsi anticipé la réaction du commerçant agressif ou encore l'alarme aiguë qui pouvait se déclencher dans son dos. Côté matériel, il avait à peu de choses près tout ce dont il avait besoin, un rouleau de film étirable, une paire de lunettes de soleil et une casquette à visière. Il lui manquait juste deux billets de 50 euros qu'il faudrait retirer au distributeur de Vals-les-bains. Il avait conscience de précipiter un peu les choses, mais l'envie de connaître enfin l'étendue de ces nouvelles possibilités était devenue la plus forte. Excité, il eut encore beaucoup de mal à trouver le sommeil durant la nuit et il passa la matinée du mercredi à scruter l'horloge circulaire de l'usine. Le projet en cours n'était pas le seul responsable de son trépignement. En fait, depuis la découverte du sac, il avait l'impression que les heures écoulées entre les quatre murs de l'atelier comptaient double. Comment allait-il faire pour passer l'écueil des trois prochains mois, voir davantage si les événements l'exigeaient ? Sans doute comme aujourd'hui, en songeant à Tiffany et en projetant l'utilisation d'une partie de la somme, c'était le seul moyen pour ne pas craquer.

À 13 h, libéré par l'arrivée de la nouvelle équipe, il ne fut pas long à quitter son poste. Dans la voiture, la tension monta encore d'un cran. Il effectua les six kilomètres du retour en répétant mentalement tout ce qui l'attendait dans les prochaines heures. Chez lui, tout était déjà prêt sur la table du salon : la casquette, le film cellophane, les lunettes de soleil, un survêtement ample et sa paire de running. À l'appartement, il ne traîna pas. Après avoir passé la tenue de sport et ajusté sa casquette bleu foncé face à la glace, il prit deux billets de 50 euros tirés du sac, puis les plaça dans son portefeuille. C'était la première fois qu'une partie de l'argent allait sortir d'ici. Avant de démarrer la Clio, il s'assura que la carte du département se trouvait bien dans la boite à gants. Elle ne lui serait sans doute d'aucune utilité, à moins que les choses ne se compliquent. Il avait décidé de rouler en direction du nord, dans une partie moins touristique. C'était également une région plus montagnarde. Sitôt passé le petit pont en pierre, les virages serrés s'enchaînèrent, le contraignant à une vigilance de tous les instants. Après avoir roulé près d'une heure (la limite minimum qu'il s'était fixée), il commença à s'intéresser de plus près aux villages qu'il traversait. Il connaissait certains endroits pour y être déjà passé, mais la configuration qu'il recherchait était précise. Ainsi, les deux premiers hameaux, bien trop petits, furent rapidement écartés, ils ne possédaient aucun commerce visible de la route. Le troisième village se révéla plus étendu, mais la rue commerçante qui remontait sur presque cent mètres était devenue piétonne, impossible de garer le véhicule à proximité d'un magasin. Il poursuivit donc son chemin en se promettant de rester prudent, de ne pas tenter le diable malgré l'envie qui le tenaillait. Il fallait que toutes les circonstances soient réunies pour passer à l'acte.

Il sentit son cœur se serrer en pénétrant dans Lamastre, quelques minutes plus tard. Les commerces en bordure de route étaient plus nombreux et faciles d'accès, ils ne semblaient pas non plus très fréquentés à cette heure de l'après-midi. C'était ici qu'il passerait à l'action ! La voiture dépassa une épicerie et une pharmacie, fit demi-tour une centaine de mètres plus loin, puis revint se parquer tout près de la supérette. Au petit matin, Benjamin avait pris soin de maquiller les plaques d'immatriculation avec un peu de boue. En sortant, il vérifia discrètement que la terre séchée ne s'était pas émiettée durant le trajet. Il constata que le « 2 » et le « J » étaient toujours illisibles. Il ouvrit ensuite son portefeuille et s'assura que les billets du casse étaient bien isolés dans la seconde poche. Il y avait également de « vrais » billets, des coupures de 50 et 20 euros, en évidence dans la partie centrale, au cas où les choses tourneraient mal. Il avait laissé la clé de contact sur le démarreur, prête à être actionnée. Il leva les yeux vers la route déserte et les commerces tranquilles, le terrain semblait dégagé. Il passa sa paire de lunettes de soleil, par chance ce dernier avait fait une petite percée à l'horizon. N'empêche que l'association des trois éléments, avec son survêtement bouffant et sa casquette de teenager, lui conférait une drôle d'allure. Il avança fébrilement en direction du Proxy marché. Jamais il n'avait mis autant de temps pour parcourir une vingtaine de mètres. Son cœur battait à tout rompre, ce qui n'était pas prévu dans le plan initial.

Sitôt franchie la porte coulissante du magasin, il dressa un rapide état des lieux. À l'intérieur de la boutique, il n'y avait qu'une cliente, une vieille dame qui s'était positionnée face au rayon charcuterie. Le type près la caisse, un petit moustachu à l'air débonnaire, paraissait plutôt inoffensif. Lui et la vieille avaient l'air de bien se connaître, elle l'interpellait régulièrement et il répondait sans bouger de son poste. Benjamin tenta discrètement de repérer une éventuelle caméra, mais le commerce ne semblait pas en être équipé. Cela faisait déjà un écueil de moins. Il passa rapidement entre les rayons et saisit à la volée une bouteille de vin rouge, une boite de Quality Street et un lot de dix rasoirs. Il voulait rapidement faire monter l'addition, car là aussi, tout était affaire de mesure. Aucun commerçant n'aimait rendre la monnaie sur une grosse coupure, encore moins pour un achat dérisoire. Le moustachu était toujours assis à califourchon sur sa chaise haute, il attendait Benjamin avec la mine engageante du gars prêt à faire la conversation. Peut-être qu'avec lui, cela ne virerait pas au drame si le billet était détecté par la machine. Il serait alors temps de passer au plan B, de prendre un air désolé et de sortir un exemplaire « homologué » de son portefeuille. Dans le meilleur des cas, cela se passerait ainsi, dans la douceur. Mais il devait aussi se préparer à une réaction plus épidermique, le regard qui se durcit, le retour aux réflexes sécuritaires, des menaces, et peut-être même le coup de fil à la gendarmerie. Pour éviter la confrontation, il devrait alors prendre la fuite, sprinter jusqu'à la voiture et démarrer en quatrième vitesse. Dans le cas évidemment où on lui en laisserait le temps. Benjamin avait commencé à suer sous ses vêtements, il faut dire que le haut de jogging était vraiment épais. Il n'avait toujours pas repéré de détecteur de billets, ni du côté de la caisse, ni sur la table qui faisait office de comptoir. Il réajusta sa casquette et se présenta avec ses trois produits face au tapis roulant.

Tout en scannant le lot de dix rasoirs, le commerçant commença à le questionner.

— Vous êtes en vacances ? demanda-t-il, tout sourire.
— Non, je suis de passage.
— Ah, je me disais aussi… Vous voulez un sac ? C'est 15 centimes.
— Je veux bien, merci.
— Monsieur Lyautet ? fit une petite voix au fond du magasin.
— J'arrive madame Boulard ! cria le moustachu. Vous réglez par carte ?
— Non, en espèces.
— Alors, cela fera 24 euros tout ronds. Bon choix, le Pomerol. On n'est jamais déçu avec un Bordeaux.

— C'est vrai, bredouilla Benjamin en tendant son billet.
L'homme le prit négligemment entre le pouce et l'index,
l'observa à la lumière du jour, puis sortit le détecteur de
sous la table.

— J'attends pour mon jambon monsieur Lyautet.
— Je viens madame Boulard, je viens.

Tout en répondant à la vieille dame, il glissa le billet
dans la fente de l'appareil qui en ressortit presque aussitôt, sans un bruit. Benjamin, figé près du comptoir,
n'avait même pas eu le temps de trembler. Il attendait le
verdict final, mais le sourire engageant du commerçant
ressemblait déjà à une réponse.

— Désolé, fit-il, je vais vous faire de la petite monnaie.
Ça ne vous ennuie pas ?
— Non, non, pas du tout.
— Il est comment le Serrano ? fit une voix dans leur dos.
— Parfait pour vous madame Boulard. Vous allez m'en
dire des nouvelles.
— Pas trop sec ?
— Non, au contraire. Très goûteux, comme vous l'ai-
mez.

Le moustachu posa la monnaie dans une coupelle en
inox et se leva de sa chaise.
Benjamin considéra le billet de 10 euros et la dizaine de
pièces qui l'encerclaient. Il hésitait encore à empocher la
somme.

— Allez bonne journée monsieur, fit l'épicier en quittant
son poste.
— Merci, bonne journée également, répondit Benjamin
d'une voix blanche.

D'un geste nerveux, il ramassa la monnaie sur la table. Il

saisit ensuite le sac en plastique contenant la boite de confiserie, les rasoirs et la bouteille de vin. En sortant de l'épicerie, son cœur continuait à battre très vite, l'adrénaline arrivait encore, par poussées successives. Il retourna à la voiture, ouvrit le coffre et déposa les trois objets dans un carton déposé à cette intention. Le bilan lui apparaissait déjà faramineux. Vingt-six euros, des caramels et des chocolats, la promesse d'un rasage triple lame et celle d'un vin de qualité, ce petit trésor de guerre venait d'être récolté en moins de cinq minutes. C'était grisant. Dans son portefeuille, il restait encore une coupure de 50 euros, celle qui servait de doublure. Techniquement, il avait donc la possibilité d'effectuer un essai supplémentaire. Ce n'était pas prévu au programme, mais il se dit que l'occasion était belle d'enfoncer le clou. Avec deux récoltes successives, les doutes seraient définitivement levés sur l'emploi des billets, mais aussi sur sa capacité à assumer le mensonge et la fraude. Seulement, il ne devait plus tarder, ses sens étaient affûtés comme jamais, mais cela pouvait vite se dégrader. Il plaça la monnaie récoltée dans une enveloppe Kraft marron, prit trois grandes inspirations, et se rapprocha du bureau de tabac qui faisait l'angle de la rue. Le premier billet avait passé sans encombre l'épreuve du détecteur, il n'y avait aucune raison pour que cela change. C'est ce qu'il se répéta en parcourant la cinquantaine de mètres qui le séparait de l'officine. Il appliquait la bonne vieille méthode Coué. Pourquoi d'ailleurs aurait-il dû s'inquiéter, les coupures qu'il présentait n'étaient pas des contrefaçons après tout, et son jeu d'acteur ne devait pas être si mauvais puisque le moustachu de la supérette avait fini par lui souhaiter une « bonne journée ». Pourtant, il ne parvenait pas encore à se délester d'une charge, le poids du mensonge, et il craignait que des esprits moins enclins à la bienveillance parviennent à lire dans ses pensées.

D'ailleurs la menace se précisa dans le bureau de tabac, dès qu'il croisa le visage fermé du buraliste, un type imposant d'1 mètre 90 qui exposait ses épais bras velus comme un préalable visuel à toute forme de négociation, un type qui surtout ne le quittait pas des yeux, observant chacun de ses déplacements en travers de l'allée. Il faut dire que Benjamin était pour le moment son seul client. Ce dernier évita de passer dans le champ de la caméra placée bien en vue dans la voie centrale. De toute évidence, il ne faudrait pas tergiverser avec cet homme. Devant la difficulté, il hésita un temps à rebrousser chemin, mais cette idée agit immédiatement comme un électrochoc, c'était bien pour forcer son destin et ne plus subir qu'il était entré dans ce magasin. Alors, il se dirigea vers le comptoir et se planta face à l'homme qui n'avait toujours pas prononcé un mot. Changement de stratégie, place à l'offensive !

— Je voudrais un carnet de timbres s'il vous plaît.

Sa voix était tout de même bien friable pour un nouveau conquérant.

— Rouge ou vert ? demanda le buraliste d'un ton sec.
— Rouge. Vous me mettrez aussi cinq Astros.
— Quel signe ?
— Gé… Taureau.

Le mal dégrossi sortit les tickets à gratter de sa planche coulissante et les déposa devant lui.

— Avec ça ?
— Ce sera tout.
— Un carnet rouge et cinq Astros, 22,80.

En ouvrant son portefeuille, Benjamin hésitait encore. Le gars ne le quittait pas des yeux, ses avant-bras posés en évidence sur le comptoir ressemblaient de plus en plus à deux battes de base-ball prêtes à servir. Sûr qu'il allait tiquer à la vue du billet. Benjamin déglutit discrètement, puis sa main partit piocher au fond de l'étui un second exemplaire de son butin. Il le présenta au commerçant qui fronça les sourcils.

— Vous n'avez pas l'appoint ? maugréa-t-il.
— Non désolé.

L'homme fit un pas sur le côté et se pencha vers le détecteur de billets posé derrière la vitre. Son regard alternait entre la machine à laser et l'étranger à casquette qui se dandinait un pied sur l'autre, de plus en plus nerveux. Benjamin essayait de contrôler ces tics corporels qui le trahissaient, mais l'attitude soupçonneuse de cet homme agissait comme un redoutable révélateur. Et pourtant, le miracle se produisit une seconde fois. Après un rapide aller-retour, son billet sortit indemne du réceptacle argenté, mettant immédiatement un terme à ce début de psychose. Le buraliste reprit enfin visage humain, il esquissa même un demi sourire que Benjamin acta comme une proposition de paix. Pour l'un comme pour l'autre, l'alerte était terminée. Le commerçant déposa la monnaie dans l'assiette en lui souhaitant la rituelle « bonne journée », qui effectivement se profilait. Cette fois, Benjamin prit bien son temps pour ramasser la somme, il voulait faire regretter à cet homme sa défiance déplacée. Magnanime, il lui fit néanmoins grâce d'une salutation discrète en sortant du magasin. Il n'était plus si pressé à présent, les deux billets avaient passé le test haut la main. Il n'alla tout de même pas jusqu'à s'attarder dans les ruelles du village, il ne fallait pas pousser le bouchon trop loin. Revenu à la voiture, il posa le carnet et les tickets à gratter dans le carton, glissa la monnaie dans l'enveloppe Kraft, puis reprit la route d'Aubenas.

Même sorti du village, il se sentait encore tout excité, en proie à de courtes mais intenses bouffées d'euphorie. Il roula un petit quart d'heure pour faire tomber la tension, puis s'arrêta sur un parking désert. Il ressentait le besoin de chiffrer précisément le montant de ses gains, peut-être pour mieux se persuader de l'existence de sa bonne étoile. C'était comme si une lourde grille venait subitement de se lever, autorisant enfin de nouvelles perspectives. Il en profita pour retirer de son pouce et de son index la fine couche de cellophane apposée sur son épiderme, puis il saisit ensuite le carton dans le coffre et étala l'ensemble de son butin sur la banquette passager. Il détailla : une bouteille de Bordeaux, une boite de Quality Street, un lot de dix rasoirs triples lames, cinq jeux à gratter, un carnet de 10 timbres, et dans l'enveloppe, une somme conséquente (53,20 euros exactement), utilisable sans précaution. Il se sentit de nouveau tout agité. Cette petite fortune avait été glanée en moins de dix minutes, sans aucun effort ni contrepartie. Et cette opération, qui paraissait si simple à présent, pouvait être reconduite à volonté dès les prochains jours.

Persuadé que la chance s'était définitivement rangée de son côté, il prit les tickets Astro, et porté par une nouvelle poussée jubilatoire, gratta le premier jeu. L'apothéose finale ne pouvait manquer à sa métamorphose. Seulement la réalité prit un tout autre chemin, il ne trouva aucun symbole du taureau dans l'entremêlement des signes, rien, pas même un bout de corne. Avec son ongle, il gratta immédiatement la seconde grille, mais le résultat fut identique. Pour les trois autres tentatives, il revit ses ambitions à la baisse, il se serait volontiers contenté d'un gain à deux chiffres, mais elles ne lui firent même pas l'offrande d'un remboursement. Au final, il signa un quintuple zéro humiliant, et l'idée qu'il avait tout intérêt à se calmer très rapidement fut en définitive son seul gain majeur. La leçon n'était pas à négliger. Le feu intérieur qui l'alimentait menaçait à terme de lui faire perdre le sens de la mesure. Sans lui, c'étaient tous ces vœux de prudence qui risquaient de partir en fumée. Il se dit finalement que la vie était bien faite, s'il n'avait pas opté pour ces jeux imbéciles, il aurait fini par se croire intouchable. Or, la grâce, la chance ou la prédestination n'avaient rien à voir avec son affaire, l'ordre et la raison, bien au contraire, y avaient toute leur place. La sortie d'aujourd'hui avait fourni une réponse claire sur la viabilité de son plan. Il héritait maintenant de la lourde tâche de s'en contenter. Il devrait patienter encore deux mois, peut être trois, avant de mettre de nouveau le nez à la fenêtre. Il avait conscience que ce nécessaire intermède pouvait prendre des allures d'éternité, il ressentait maintenant si durement les heures passées à l'usine. Il faudrait pourtant apprendre à se tenir tranquille. Il prit l'enveloppe qui contenait les billets et pièces de monnaie et se dit que cela aurait été ridicule de les injecter dans un de ses budgets essentiels. Pour en terminer, il devait tout dépenser, s'autoriser une ultime offrande qui aurait valeur de symbole. Il avait déjà une petite idée en tête, ce serait sa manière à lui d'annoncer que les choses allaient évoluer prochainement.

Avant de reprendre la route, il rangea la casquette et la paire de lunettes, puis il roula jusqu'au village voisin, celui qui arborait une longue rue piétonne. Elle lui faisait moins peur à présent, il faut dire qu'il ne cherchait plus d'options de fuite. Il gara cette fois la voiture sur un parking en contrebas, et glissa l'enveloppe dans la poche arrière de son pantalon. Il remonta la rue pavée sur une centaine de mètres avant de s'arrêter face à une large enseigne. On trouvait vraiment de tout à l'intérieur de cette « Maison de la presse », des rayonnages de magazines évidemment, mais aussi des spécialités culinaires de la région (dont les fameux pots confectionnés par ses soins), et surtout des bibelots à profusion. Il y avait des montres à goussets, des cartes d'anniversaire, des stylos vendus dans leur coffret prestige, de quoi s'acheter une pipe et la remplir de tabac brun, un espace réservé aux « souvenirs d'Ardèche », bref c'était une véritable caverne d'Ali Baba.

Benjamin repéra vite le portique un peu usagé où étaient accrochées des peluches de différents formats. La plupart représentaient des animaux de compagnie, mais il y avait aussi des licornes, des singes et des pandas. En temps ordinaire, il aurait choisi un petit modèle comme celui qu'il tenait dans sa main, cet ourson noir de 10 cm au pelage synthétique, avec son étiquette Made in China et son prix attractif. Pour 6,99 euros, il ne fallait pas espérer mieux. Mais aujourd'hui, c'était différent, il n'avait pas à regarder à la dépense, autant dire que c'était une première dans sa vie de jeune papa. Il examina toutes les propositions d'une main experte, à la recherche de la fibre la plus douce. Il se décida finalement pour le chat au magnifique pelage blanc. Il mesurait bien quarante centimètres de hauteur, largement de quoi y poser une tête de petite fille. Il visualisa les cheveux bouclés de Tiffany et sa frimousse souriante se frotter aux moustaches du chaton. Ils feraient un beau couple tous les deux. Son félin sous le bras, il se rendit à la caisse, heureux de n'avoir pas à s'inquiéter de la suite des opérations. La gérante du magasin encaissa les 38 euros avec un large sourire, elle avait effectivement de quoi être satisfaite par la marge. Elle proposa à Benjamin d'emballer le cadeau, il put même choisir la couleur du papier. Il opta pour le coloris rose aux motifs de fleurs. Tout fier, il redescendit la rue avec son volumineux paquet dans les bras, anticipant déjà le bonheur de Tiffany. Et peut-être sa surprise aussi.

Il était plus de 17 h lorsqu'il retrouva son appartement, l'estomac encore retourné par les lacets des derniers kilomètres. L'Ardèche était décidément une terre difficile à arpenter. La tension était retombée, pas l'ivresse de ce premier coup réussi. Il transportait sa boite en carton comme si elle contenait de précieux trésors de guerre. Il n'y avait pourtant pas de quoi bâtir un empire : du vin, des rasoirs, des timbres et des chocolats, c'était plutôt du registre de l'intendance. Il ventila l'ensemble de ces provisions aux quatre coins de son territoire, cuisine salon et salle de bains, puis déposa, avec plus de précautions encore, la peluche emballée sur le lit de Tiffany. Sûr qu'elle allait faire des yeux ronds lorsqu'elle découvrirait le gros minet. Mais il faudrait attendre samedi pour observer sa réaction.

Il décida de sortir un peu avant le repas. Il avait besoin de se dégourdir les jambes, il venait quand même de passer trois heures dans la voiture. Il prit d'abord la direction du chemin en terre qui longeait la départementale, si pratique d'accès, mais arrivé au panneau de l'impasse, il hésita à braver son propre interdit. Il n'y avait pourtant rien de criminel à se balader, voir même à trottiner quelques minutes sur le sentier qui remontait vers la ferme des Jacomots. Mais c'était comme pour l'histoire du change, les règles du jeu lui étaient apparues assez rapidement, et son instinct lui recommandait d'éviter le coin pour quelque temps encore, même si les courses exutoires commençaient à lui manquer. Il se dirigea finalement vers la grande place, guidé par la force de l'habitude. Il n'avait pas grand espoir d'y retrouver les boulistes, car la météo avait tourné, apportant son lot de vent et de grisaille. Il se força tout de même à escalader la longue côte, buste en avant, mains sur les cuisses, c'était aussi une manière de mettre son corps à l'épreuve. Il fut surpris de découvrir l'enceinte circulaire encore occupée par une poignée de joueurs. Malgré les bourrasques et la luminosité incertaine, les gars n'avaient pas plié bagage. Benjamin accéléra le pas, assez heureux finalement de retrouver son groupe d'initiés, mais son regard fut bientôt happé par une apparition, une vision presque surréaliste à cet endroit du territoire. Dans la grisaille, une jolie blonde avait pris place sur le banc, son banc ! Court vêtue et visage d'ange, elle faisait un peu penser à une de ces Pom-pom girl que l'on apercevait dans les séries américaines. Aussi discrètement que possible, il détailla les cheveux soyeux et dorés qui lui couvraient les épaules et le visage presque poupin qui les portait. Assise sur la partie haute du dossier, la belle inconnue ne perdait rien du spectacle qui semblait déjà se jouer un peu pour elle. C'est vrai que d'habitude, c'était lui, le rondouillard disgracieux, qui occupait cette place. Il hésita un peu avant de s'avancer, se demandant ce qu'une fille comme ça pouvait faire seule sur ce banc. Elle devait forcément accompagner quelqu'un, mais qui ? Un gars de la place ? Cela aurait été très surprenant. Perturbé, Benjamin en oublia de saluer les joueurs. Il bifurqua vers la fontaine et vint s'asseoir sur le rebord en pierre. Son regard scrutait les alentours, notamment la terrasse du bar, mais il n'y avait personne. Finalement, il découvrit ce qu'il cherchait à l'intérieur du cerceau rouge. Benjamin ne l'avait jamais vu, pourtant, autour de lui, ils étaient déjà un certain nombre à lui sourire. Force était de reconnaître que dans son genre, chromosome classé XY, ce parfait inconnu n'avait rien à envier à la blonde qui s'était permis de squatter sa place. Benjamin détailla le petit œil taquin qui opérait sous ses bouclettes en forme d'accroche-cœur, et ce sourire, large et éclatant de blancheur, qui attirait immédiatement la sympathie. Même André paraissait tombé sous le charme. Il l'encourageait à prendre des risques, lui Dédé, l'apôtre du gagne-terrain.

— Tu es sûr André, je la tente ? interrogea l'étranger d'une voix chantante.

— Ouais ! firent à l'unisson les gars de son équipe.

Le joli cœur se plaça bien dans le cercle. Il se concentra quelques instants. Puis soudain la boule jaillit de ses mains, pareil à un projectile. Elle fendit l'air sur quelques mètres et vint frapper plein centre la sphère noire qui bouchait l'horizon. Cette dernière dégagea immédiatement à l'autre bout du terrain. Le missile tournoya encore quelques secondes sur lui-même avant de se stabiliser à une dizaine de centimètres du cochonnet. Il venait d'accomplir un carreau parfait, un coup plutôt rare, même pour les meilleurs joueurs de la place.

— Chapeau, fit André en s'inclinant.

— J'ai eu de la veine, elle est bien partie.

— C'est ça…

— C'est cette place qui m'inspire, rigola le jeune homme en quittant le cerceau.

Tout en blaguant, il continuait à marcher en direction de la fontaine. Il sortit du terrain de jeu et se retrouva bientôt face à Benjamin. Ce dernier, surpris, mit un certain temps à comprendre que c'est à lui qu'on s'adressait.

— Bonjour, je me présente. Je m'appelle Cameron.

— Bon… Bonjour.

— Et voici ma femme, Samantha.

Du banc, la fille fit un geste de la main dans leur direction.

— On vient d'emménager au village. La maison aux volets verts, près de l'église.

— Moi c'est Benjamin. Ici on dit Ben. Bienvenue à vous.

— Merci.
— Et joli coup !

Cameron sourit en considérant la petite troupe qui attendait son retour.

— En m'installant ici, je ne pensais pas tomber sur un tel filon. Je sens que je vais me régaler. Tu joues ?
— Non. Enfin… occasionnellement. Je préfère regarder.

Sourire figé, Cameron le fixa alors de ses grands yeux bleu clair, un regard amical, mais un peu insistant. Il laissa le silence infuser, et lorsque son interlocuteur commença à se dandiner sur le banc, il ajouta :

— On se reverra sûrement alors…

Puis il retourna vers le terrain où les autres joueurs l'attendaient patiemment. Pour faire bonne mesure, Benjamin resta assister à la fin de la partie, mais toutes ces nouvelles arrivées l'avaient un peu chamboulé. Ce Cameron (quel curieux prénom) avait l'air d'être un drôle d'oiseau. Il confirma en tout cas les qualités que Benjamin lui avait prêtées. Il avait déjà réussi à tisser un lien de connivence avec la majorité des joueurs, et ce n'était pas rien quand on connaissait cette belle brochette de grincheux. De quand datait leur première rencontre ? Pas lundi en tout cas, il était sur la place ce soir-là et personne n'avait évoqué une quelconque arrivée au village. Le couple avait dû s'installer hier dans la journée. Une chose était surprenante, c'est la rapidité avec laquelle cet étranger avait mémorisé les prénoms de ses partenaires. Il venait seulement de faire leur connaissance et donnait déjà du « André » du « Michel » et du « Christophe » à tour de bras, sans jamais se fourvoyer ni hésiter. Mais son principal atout résidait quand même dans la facilité qu'il avait de se débarrasser des boules adverses. À ce jeu-là, il faisait mouche à tous les coups. Pas besoin de 10 parties pour voir que dans ce domaine, il surpassait largement les autres joueurs. Toutes les boules qu'il dégageait étaient frappées avec force, plein centre, et jusqu'à présent, pas une cible ne lui avait échappé, le genre de détails qui favorise une intégration.

Du haut de son perchoir, sa femme assistait à son numéro de charme. Elle n'avait pas besoin d'en montrer autant pour attirer l'attention. Benjamin avait déjà surpris quelques regards furtifs en direction de la demoiselle. Il se dit qu'une telle beauté dans un petit village comme celui-ci, c'était des ennuis en perspective. Mariée ou non, il y aurait sans doute bientôt des départs d'incendie de ce côté-là. En tout cas, les deux faisaient la paire, mais on ne pouvait s'empêcher de se demander ce qu'un aussi joli couple était venu faire dans le coin. Il fallait être fou amoureux de l'Ardèche pour venir s'enterrer dans ce trou perdu. D'ailleurs, depuis l'installation de Marco et Lisa, il y a presque deux ans, on n'avait pas vu de nouvelles têtes au village.

C'est peut-être aussi pour cela que les hommes s'attardaient sur la place ce soir. Malgré la faible luminosité et la fraîcheur qui s'était installée, il flottait dans l'air comme un vent de renouveau. Benjamin n'y était pas insensible, même si en ce moment, il avait surtout besoin que les choses restent en l'état, figées autour d'un quotidien réglé et monotone. Chaque jour passé sans encombre le rapprochait de son but, et se tenir en retrait et éviter les interactions inutiles était sans doute le meilleur moyen d'y parvenir. Il choisit donc de s'éclipser discrètement à la fin de la partie. Il se promit quand même de revenir prochainement dans le coin, parce que sans forcément l'inquiéter, cette nouvelle donne l'intriguait un peu.

Cette nuit-là, son sommeil fut chaotique, entrecoupé par de nombreuses phases de réveil. Lorsque la sonnerie retentit, à 4 h 10, il lui semblait qu'il venait de passer la nuit dans un train couchette, il avait encore en tête le tangage permanent et les arrêts répétés. Il prit son petit déjeuner dans la cuisine, assis face au bol de café fumant. Il percevait évidemment toute l'ironie de la situation. Et elle était plutôt mordante. Il était sans doute un des rares gars du village à être levé aux aurores, un brave type qui s'apprêtait à partir trimer pour huit euros trente de l'heure. Si cela lui paraissait dans l'ordre des choses il y a une semaine, il avait du mal à présent à accepter sa nouvelle condition. Surtout lorsqu'il laissait son esprit effectuer certaines conversions. Avec un billet du sac dissimulé sous le lit, il pouvait s'acquitter de sa journée de labeur. Avec cinq de plus, il était tranquille pour la semaine entière, et on lui rendrait même un peu de monnaie. Il croqua dans sa tartine beurrée en anticipant les interminables heures à venir : la position figée devant la cartonneuse, les palettes qu'il faudrait filmer à toute vitesse, la répugnante opération de nettoyage en fin de matinée, toutes ces tâches débilitantes qui allaient se succéder pour rien, ou si peu, une peccadille dont il n'avait plus besoin. Face à l'abattement et surtout l'emportement qui guettaient, il tenta encore une fois de se raisonner. Non, il n'était pas encore riche. Il ne possédait rien, rien dont il ne puisse profiter dans l'immédiat. Avant d'espérer toucher les premiers dividendes de son trésor, il lui faudrait avancer case par case et enquiller les heures, comme auparavant, sans chercher à esquiver la charge ni montrer un quelconque agacement. Courber l'échine, finalement, c'était un programme qu'il connaissait bien.

Il sortit de l'appartement son panier-repas à la main, la nuit était encore bien fraîche. Il grilla l'exaspérant feu tricolore qui continuait à œuvrer sur la départementale

déserte, puis roula plein phares jusqu'à l'usine. Dans la salle de repos, il retrouva Francis et Kevin, et partagea avec eux un autre café. À 5 heures, Francis le fit débuter à la production, comme chaque jour, de chaque mois, de chaque année. Il prit place au bout de la chaîne et attendit l'arrivée des premiers pots de crème. Le débit n'était pas très élevé ce matin, cela lui laissait le temps de contempler la pendule ronde de la salle qui égrenait lentement les minutes. Régulièrement, son esprit s'échappait et revenait rôder autour de la place. Il repensa à ce Cameron et à sa femme. Comment s'appelait-elle déjà ? Belinda ? Samantha ? En tout cas, cela finissait par un A. Benjamin ne s'expliquait pas pourquoi ce charmant couple était venu s'installer ici, surtout dans la maison aux volets verts, ce deux-pièces humide et froid loué par la mère Fernand. Même lui n'en avait pas voulu. Sans doute qu'un impératif professionnel avait précipité ce choix. Il serait provisoire, très certainement, car à part Marco et Lisa, personne n'était resté bien longtemps au village. Il fallait être né dans le coin pour supporter le climat montagnard et cette ruralité pesante.
Le rythme de production s'accéléra en début de matinée. Benjamin se concentra cette fois sur la tâche mécanique, les quatre pliages nécessaires et la poussée latérale pour dégager le carton, il évoluait sur un fil, car la moindre étourderie pouvait conduire à l'embouteillage. Il répéta ce geste deux heures encore avant que Kevin ne le relaie. Lors du passage de témoin, Francis demanda à ce qu'on diminue la vitesse de la chaîne, car le dernier venu était bien incapable de tenir cette cadence. Comme quoi l'incompétence n'était pas forcément une tare, même dans le milieu clos d'un atelier d'usine. Benjamin partit en salle de conditionnement. La tâche était plus physique, il fallait monter les cartons sur palette et veiller au bon équilibre de l'édifice, mais il regagnait une certaine liberté de mouvement. Au total, il constitua et filma

treize palettes de 800 kilos, qu'il transporta lui-même à l'entrepôt.

À 11 heures, il prit la pause déjeuner avec les autres. Francis en profita pour lui faire signer les exemplaires papier pour les deux jours fériés. Ce fut un nouveau coup de couteau porté à son dos déjà bien lacéré. Il parapha quand même les documents, conscient qu'un revirement de dernière minute, sans réelle justification, aurait paru suspect aux yeux de son employeur. Mais ces deux samedis pour lesquels il s'était porté volontaire promettaient déjà d'être une sacrée torture. Il termina son office par le nettoyage des cuves principales. Il maugréa plusieurs fois contre le Karcher qui avait de sérieux ratés, et les aiguilles de la pendule qui semblaient faire du sur-place. Il compta une à une les dernières minutes de sa pénitence, laquelle se prolongea un peu après le gong final. Il lui fallut encore se changer, reprendre la voiture, et enchaîner les virages jusqu'au pont en pierre pour regagner son appartement. Douze minutes de transit au total avant de pouvoir enfin s'affaler sur le lit et de s'endormir immédiatement, comme s'il fallait rapidement effacer ce triste épisode.

Lorsqu'il se réveilla, au milieu de l'après-midi, la lumière inondait encore la chambre, rappelant que la vie était toujours là, qui l'attendait au-dehors. De passage dans la salle de bains, il observa ses traits tirés dans la glace du lavabo. C'est vrai qu'il n'avait pas bonne mine, mais cela pouvait s'estomper dans les jours à venir, à condition d'observer des plages régulières de sommeil, comme celle-là. Progressivement, il était en train de regagner du terrain sur ce plan. Il retourna dans le salon, alluma son ordinateur portable, et entra « Braquage Aubenas » dans le moteur de recherche. Un nouvel article venait de paraître dans le Dauphiné, Benjamin se rua dessus. C'était un papier d'une trentaine de lignes dans lequel le journaliste, après avoir rappelé les faits, livrait le nom des deux interpellés, un certain Barretto et un dénommé Perrin. C'était le premier surtout qui était connu pour ses états de service. Il était impliqué dans plusieurs affaires de braquage. Benjamin entama immédiatement une recherche sur les deux hommes. Il ne trouva rien sur Perrin, inconnu au bataillon, mais Barretto avait déjà fait parler de lui dans la presse. Dans un des articles, on le disait même affilié à un gang lyonnais. Benjamin recula un peu sa chaise, comme si le danger s'était rapproché à travers l'écran. De toute évidence, ces gars n'étaient pas des braqueurs à la petite semaine, mais il s'en doutait déjà. Ces hommes étaient venus de Lyon, bien informés et parfaitement organisés. Ils avaient même réussi leur coup, enfin si l'on peut dire… Maintenant le reste de cette bande, puisque cela en était une, devait être sur la piste du sac abandonné. Benjamin se remémora la voiture noire qui avait stoppé sa course près du bois et l'étrange similitude avec le bolide entrevu deux jours plus tard, en bas du village. Il se rappela également la moto aperçue sur la place quelques heures seulement après le vol. Cela commençait à faire plusieurs indices concordants. Il avait bien fait de ne rien changer à ses habitudes. Ainsi, il n'avait offert aucune prise, aucune possibilité de remonter jusqu'à lui, et les journées qui se succédaient confortaient sa position. Comment croire qu'un homme qui vient de découvrir trois millions d'euros puisse continuer à se rendre à l'usine et travailler pour un salaire de misère. C'était un défi à l'entendement (et une véritable épreuve pour lui), et c'est bien sur cela qu'il comptait pour brouiller les pistes.

Il n'était pas tout à fait dix-huit heures lorsqu'il se décida à rejoindre la place. Il avait besoin de revoir les deux tourtereaux, d'en faire une observation plus en détail.

L'article lu sur internet avait fait monter sa cote d'alerte. Plus véloce que la veille, Benjamin franchit facilement les 8 % de dénivelé et se retrouva vite près du terrain rectangulaire. Mais ce soir, les hommes semblaient à l'arrêt, ils avaient laissé leurs accessoires de prédilection au pied du cerceau rouge et s'étaient regroupés autour du fameux Cameron. Sa femme se trouvait à ses côtés, elle avait à la main deux feuilles plastifiées aux motifs colorés. Benjamin se rapprocha discrètement. À quelques mètres du groupe, il put entendre la voix de Cameron couvrir le murmure des anciens.

— Je sais que ce n'est pas de votre génération, mais pensez-y, il y a peut-être un cadeau à faire dans votre entourage.
— En tout cas, c'est du bon matériel ! fit Louka d'une voix agitée.

Benjamin ne l'avait pas encore remarqué, il se tenait à droite du couple. Il avait ses yeux brillants rivés sur la belle Samantha, et peinait à demeurer immobile.

— Je ne force pas la main, prévint Cameron. Je veux juste en faire profiter ceux qui seraient intéressés. Louka a raison, ce sont des produits de haute qualité.

L'autre, comprenant qu'on avait pris son avis pour référence, bomba le torse et ajouta :

— À ce prix-là, cela défie toute concurrence.

Les vieux n'avaient pourtant pas l'air convaincus par le boniment. Seuls les plus jeunes s'étaient avancés, appâtés par la proposition. Benjamin, qui ne savait toujours pas de quoi on parlait, tenta de se faufiler dans la masse. Mais son arrivée fut vite détectée par Cameron.

— Bonsoir, approche Benjamin, fit-il en l'apercevant.

André et Michel lui cédèrent naturellement la place, comme si sa présence au premier rang était plus légitime. Il comprit mieux lorsqu'il aperçut sur une des planches tenues par Samantha, des icônes couleur de téléphone portable, avec leur prix et leurs principales caractéristiques. Elle lui tendit immédiatement une feuille plastifiée.

— Ce sont des importations d'Asie et d'Amérique, garantie deux ans, dit son mari.

Benjamin parcourut la liste. Il y avait des modèles de pointe, essentiellement des Apple et des Samsung, et d'autres spécimens moins communs, pour lesquels les prix grimpaient encore.

— En bas, ce sont deux téléphones sortis il y a moins d'un mois de la Silicon Valley. Encore introuvables en France.
— Et on peut se les procurer dans le 07 ? ironisa André.
— Il suffit d'avoir les bons contacts, sourit Cameron.

Benjamin releva la tête. Le nouvel arrivant poursuivait son numéro de vendeur, malgré une assemblée plutôt dubitative.

— N'hésitez pas à en parler autour de vous. Je vous rappelle une nouvelle fois que tout ceci est légal et déclaré. Il n'y aura pas de mauvaises surprises. Je travaille directement avec les importateurs. Tous nos modèles sont garantis deux ans, avec possibilité d'extension. Ma petite S.A.R.L se lance et on n'a pas encore finalisé le site internet, mais Samantha y travaille.

Les regards se tournèrent vers la jolie hôtesse qui officiait à la présentation. Elle laissa échapper un léger mouvement de lèvres, comme une subtile révérence au trouble naissant.

— En attendant, je compte un peu sur le bouche-à-oreille pour faire tourner la boutique, ajouta Cameron.

Les vieux acquiescèrent avant de reculer de quelques pas. Puis André partit chercher ses boules, initiant le mouvement. Pour eux, tout cela restait un peu abstrait. Benjamin, resté seul avec la dernière planche, la tendit à Cameron.

— Celui-ci est notre meilleur rapport qualité/prix, fit-il en pointant du doigt l'appareil affiché à 450 euros. Questions photos et vidéos, c'est du haut de gamme : capteur frontal, douze millions de Pixels, contrôle vocal, grande autonomie.

Benjamin n'osa pas répondre qu'il était déjà équipé, de peur qu'on l'invite à sortir son antiquité.

— 450 euros, reprit Cameron, avec la couverture anti-casse offerte pour un an, on est en dessous des prix du marché. À ce tarif-là, c'est une affaire.
— Tu sais, lui, les affaires… railla une voix avinée dans son dos.

Surpris, le nouvel arrivant jeta un œil en direction de Louka qui semblait maintenant regarder ailleurs. Comme toujours lorsqu'il avait bu, son sens de l'humour devenait douteux. Douteux et franchement hasardeux.

— N'hésite pas en tout cas, enchaîna Cameron. Tu n'étais pas là tout à l'heure, alors je répète, je travaille directement avec les importateurs, sans aucun intermédiaire, cela diminue considérablement les frais. Évidemment, tous nos modèles neufs sont garantis deux ans, mais ça tu l'as entendu.

Benjamin s'efforça de se montrer réceptif, mais le malaise et surtout la colère commençaient à poindre sous son sourire de circonstance.

— J'ai ouvert une table là-bas. Va commander. Ce soir c'est moi qui régale !
— Merci, c'est gentil, parvint à répondre Benjamin.

Cameron rendit la planche à sa femme, puis se rapprocha du terrain de boules, accompagné par Louka qui chancelait un peu. On pouvait imaginer qu'il avait déjà effectué quelques allers-retours au lieu de libation, ce n'était pas le genre d'oiseau à laisser filer pareille occasion. Benjamin les regarda s'éloigner, l'œil mauvais. Il prenait sur lui depuis des mois pour maintenir cette sorte de no man's lands, une tacite forme d'oubli, et l'autre se permettait maintenant de persifler ! Mais qu'est-ce qui lui avait pris d'ironiser de la sorte ? Devant un étranger en plus. La partie était sur le point de reprendre, mais Benjamin ne se sentait plus la force de rester. Il aurait fallu supporter la vue de ce moins que rien et souffrir ces rodomontades pour chaque coup réussi, c'était au-dessus de ses forces.
Qu'est-ce qu'il avait dit déjà ?
En redescendant la rue, poings serrés au fond des poches, il essayait de se remémorer les termes exacts. L'autre avait commencé par « tu sais », pareil à une confidence, un secret que l'on souhaite partager. À ce parfait inconnu, Louka avait donc confié son point de vue intime « Tu sais, lui, les affaires… ». Il avait laissé la phrase en suspens pour laisser le plaisir à son interlo-

cuteur de compléter la sentence. Le plus blessant dans cette assertion, c'était peut-être ce « lui » intermédiaire pour signifier la quantité négligeable, celui qu'on ne souhaite même plus désigner par son nom. Benjamin tentait de se dominer, de revenir sur le chemin de la raison, mais la goupille tirée par Louka venait de réactiver le mécanisme.

Le passé refaisait surface, et dans sa tête, c'est toute la pièce qui se rejouait. Il se rappelait l'attitude obséquieuse de l'autre lorsqu'il avait appris, qu'avec Karen, ils cherchaient un appartement sur Aubenas. Il se souvenait de son empressement à lui présenter ce type véreux, de la suite surtout, tous ces petits pas de côté qui ne lui ressemblaient pas. Il avait ainsi rapidement renoncé à ses prérogatives laissant les deux hommes, vendeur et acheteur, s'entendre entre eux. Au nom de leur amitié, pourtant vague et incertaine, il lui avait même fait l'offrande d'une partie des frais d'agence. Quand il n'était pas sous l'emprise de l'alcool, Louka pouvait être charmeur, et son sens de la repartie servait alors habilement sa cause. Évidemment, cette belle relation de confiance s'était écroulée en même temps que la toiture. Lorsque Benjamin et Karen voulurent se retourner contre le vendeur, ils découvrirent toute la subtilité de la clause placée en bas du quatrième feuillet. Avec la « vente en l'état », c'était un quitte ou double que le couple venait de perdre. Sans sourciller, l'ancien propriétaire les avait renvoyés à leur légèreté et au sort qui s'acharne toujours sur les novices de l'immobilier. Présentée comme un geste d'ami, cette transaction s'était révélée un véritable fiasco. Benjamin n'avait jamais su si l'autre était vraiment dans la confidence. Il n'avait jamais avoué en tout cas. Fallait-il le croire quand il prétendait avoir simplement cherché à rendre service. Rendre service, sans doute, mais à qui ? Au salopard qui leur avait vendu un trois pièces dont la charpente était rongée par les vers ?

La pique lancée ce soir, entre deux whiskies bien tassés, semblait sans équivoque. Benjamin essaya de ne plus en faire cas, ce n'était pas l'heure de ressasser ces vieilles histoires. Louka était un pauvre type, incapable de faire le bien autour de lui. Il avait rendu sa femme malheureuse et son grand fait d'armes était d'avoir repris le cabinet immobilier de son père après des études stoppées bien avant leur terme. Oui, il valait mieux oublier jusqu'à son existence. Ce serait plus facile maintenant. La dette qu'il avait contractée pour rembourser le prix de sa négligence était une broutille comparée à ce que recelait le lourd sac de sport. Dans quelques mois, si tout se passait bien, il aurait migré ailleurs, laissant cet univers de faux semblants derrière lui. Il allait pouvoir s'acheter une nouvelle vie, une existence dans laquelle les fantômes du passé n'auraient pas leur place.

Le sentiment de colère fut long tout de même à se dissiper. À l'appartement, il tourna en rond plusieurs minutes avant de migrer dans la chambre de Tiffany. La grosse peluche emballée dans du papier cadeau rose attendait patiemment sur le lit la venue de sa nouvelle propriétaire. Benjamin s'assit à côté du volumineux paquet, puis il prit sur la table de nuit le petit cadre en bois dans lequel il avait inséré une photo de lui et de l'enfant. L'épreuve datait d'environ un an, la petite avait déjà changé depuis. Il observa le visage poupin de Tiffany, ses deux yeux malicieux et les boucles châtains qui lui couvraient une partie du front. Sur la photo, elle se trouvait collée à lui, sa tête posée contre son torse. Enfin, ce qui ressemblait à un torse. C'était déjà devenu un édredon mou à l'époque. Il détailla toutes les rondeurs qui s'étaient invitées sur son corps depuis la séparation : les joues gonflées, le cou potelé, la petite bouée de confort autour du ventre. Est-ce que Tiffany était encore fière de son papa ? Sans doute aurait-elle répondu oui, comme elle répondait toujours oui à chacune de ses demandes. Pour le préserver ? Lui offrir du haut de ses six ans un peu de protection ? Il s'allongea de trois quarts sur le lit en bois rose. Dans deux nuits, sa fille dormirait dans ces draps, cette pensée l'apaisa un peu. Il s'imagina border l'enfant et surveiller son sommeil, quelques gestes simples pour retisser le lien.

Alors provisoirement, tout le reste, Louka, la dette, l'usine, la décision de justice, et même ce fichu sac, tout cela perdit de son importance, et il finit par s'endormir la joue collée contre l'oreiller de Tiffany.

3

Exilé loin du radio-réveil, la sonnerie mit un certain temps à lui parvenir, heureusement il avait laissé les portes de l'appartement entrouvertes. Il passa dans sa chambre débrancher l'appareil vociférant, puis tel un automate, déclina les mêmes étapes que la veille : WC, salle de bains, cuisine, café, beurre, biscottes, bâillements répétés. Les yeux mi-clos, un couteau à la main, il prépara sa première tartine, mais le beurre s'étala aussitôt de manière suspecte, beaucoup trop malléable pour un produit sortant du réfrigérateur. Benjamin tâta la tablette rectangulaire qui se déforma sous la pression des doigts, puis il fixa le frigo, anormalement discret ce matin. Il ouvrit la porte, vérifia le thermostat positionné sur le cinq, avant de constater les dégâts : toutes les denrées étaient tièdes, et dans le compartiment congélation, la glace au chocolat était presque liquide. Quant aux bâtonnets de poisson surgelé, ils avaient profité de la fonte des glaces pour s'offrir une dernière baignade en eau douce. Il actionna plusieurs fois le bouton marche/arrêt, tourna également le thermostat dans les deux sens, mais le vieil appareil demeura sans réaction. Il avait rendu l'âme avant l'arrivée de l'été, le traître. Benjamin prit alors un grand sac-poubelle, débarrassa les rayonnages de tous les produits « frais » et écopa un peu le congélateur. Tout en faisant le tri, il songea à sa fille qui allait débarquer demain et réclamer ses crêpes, son lait et ses petits filous. Il faudrait rapidement trouver une solution. La proche arrivée de l'été et la nécessité d'accueillir Tiffany dans de bonnes conditions rendaient inévitable le remplacement de l'appareil. Il envisageait déjà les différentes options qui s'offraient à lui. Neuf ou occasion ? À quel prix ? En magasin, il ne fallait pas s'attendre à s'en sortir pour moins de 200 euros. Il n'avait évidemment pas cette somme sur son compte courant.

Il roulait à présent en direction de l'usine. Le ciel était noir, la route déserte, mais il ne chercha pas cette fois à braver le feu tricolore qui venait de passer au rouge. Cette histoire de frigo le tracassait, sans doute plus que de raison. Il se mit volontairement à l'arrêt, les deux mains en évidence sur le volant. Alors qu'il envisageait les classiques solutions de repli (le bon coin, le dépôt-vente d'Aubenas), la voix de Louka narguant son sens des affaires était revenue à la charge. La petite ritournelle moqueuse lui rappelait qu'il n'était bon qu'à ça, empiler les éléments d'occasion et économiser pièce par pièce en prévision de leur futur remplacement. Et comme on n'échappe pas à son destin, même avec un sac lardé de billets sous son lit, son sort était encore d'aller besogner huit heures pour l'achat de ce nouveau réfrigérateur bas de gamme. La petite voix familière lui précisait que ce serait un appareil aux lignes grossières, moins efficace et plus bruyant que ses prédécesseurs, avec déjà quelques traces de moisissures sur le joint de porte. L'autre, avec son sens de la formule, avait résumé tout cela par une phrase assassine, son fameux « Tu sais, lui, les affaires… ».
En redémarrant brutalement, il se dit que cette fois, « lui » allait y couper.

Sa décision était prise. Il partirait tôt demain matin, et avant d'aller chercher Tiffany au rond-point du péage, il ferait la tournée des petits commerces, comme mercredi. Il prolongerait cette fois un peu l'opération, et avec la somme récoltée, financerait une partie du nouvel appareil, peut-être même la totalité. Il profiterait de son passage dans la zone industrielle pour acter l'achat. Non, il ne ferait pas de folie, il prendrait juste son dû, celui auquel l'éternel soumis pouvait maintenant prétendre. Un frigidaire neuf, efficace et insonore, telles étaient les trois caractéristiques de son nouveau Graal.

L'organisation de cette matinée mobilisa dès lors toute son attention, mais cela mit également à jour certaines de ses contradictions. Ainsi, la perspective de renouer avec l'excitation ressentie dans le village de Lamastre lui fit l'effet d'une bouffée euphorisante, ce qui n'était pas prévu au programme, mais il était bon de se sentir vivant et de nouveau entreprenant, acteur principal de sa reprise en main. Au fil des heures, le réfrigérateur ne devint plus qu'un prétexte, seule comptait à présent l'acte et sa symbolique, même si cela reléguait en arrière-plan son sens de la mesure et ses vœux de prudence. Curieusement d'ailleurs, la journée à l'usine passa plus vite que d'ordinaire, comme si elle n'était qu'une simple transition vers une échéance décisive. Le soir, il s'astreint à ne pas se faire remarquer. Il ne retourna pas sur la place et se contenta de visionner des séries à la télévision, n'hésitant pas à zapper d'une chaîne à l'autre tout en grignotant un paquet de petit beurre, pour lui cela restait le meilleur moyen de se faire oublier.

Samedi, il avait réglé le réveil pour sept heures, mais il fut debout bien avant. Il avala son petit déjeuner, un café noir et quelques biscottes garnies de crème de marrons, puis passa dans la salle de bains. Le danger partiellement éloigné, il renonça au jogging difforme et à la paire de lunettes de soleil qui conféraient un air assez ridicule, surtout portés en magasin. Il conserva néanmoins sa casquette colorée, mais avec l'ensemble jean-polo assorti à ses baskets, elle pointait plutôt le registre chic et décontracté, dans le genre des touristes qui traînaient dans la région à la mi-juillet.

Il découpa ensuite de petits carrés de film cellophane qu'il appliqua aux extrémités de ses doigts. Ils adhéraient plutôt bien à son épiderme et passaient inaperçus. Il préleva enfin dans le sac de sport douze billets de 50 euros et constitua deux liasses distinctes qu'il glissa dans son portefeuille. Il avait songé à utiliser les grosses coupures, celles de 100 et de 200 pour gagner du temps, mais il craignait que ces fortes sommes décuplent la suspicion des commerçants. Il aurait pu aussi régler directement le prix de l'appareil dans une grande enseigne de type Darty ou Boulanger. Cela lui aurait considérablement simplifié la tâche, mais il manquait encore de pratique et redoutait surtout leur service de sécurité. Il ne pourrait plus plaider la méprise en cas de complications. Un innocent pouvait toujours se proposer de changer un billet douteux, mais avec plusieurs de ses petits frères rangés à ses côtés, cette fois l'escroquerie ne ferait plus aucun doute. Pour éviter cette situation hautement périlleuse, il lui faudrait donc accomplir un travail de fourmi et récolter un à un les éléments de son futur frigo. Il prépara également deux grands sacs cabas pour les denrées qu'il récolterait par la même occasion. Il avait eu le temps d'y penser à l'usine, et avait listé tout ce qui pourrait lui être utile et ferait rapidement monter l'addition. Guère volumineux, les carnets de timbres et les jeux de loterie étaient les valeurs refuges des bureaux de tabac, et avec un peu de chance, il pouvait même espérer un gain important qui servirait de couverture pour de futures dépenses. S'il visitait une supérette, il s'orienterait plutôt vers les piles, l'épicerie fine ou les alcools.

Dans une pharmacie, il choisirait d'abord les lotions de saison et les médicaments courants. Toutes ces marchandises, faible taille et longue conservation, remplissaient parfaitement le cahier des charges. Il était bien décidé cette fois à optimiser son rendement.

Il quitta le village avec les premiers rayons du soleil. Peut-être un signe. Sans être complètement détendu, il était moins nerveux que trois jours auparavant. Le test passé mercredi avait été concluant et il n'y avait pas de raison qu'il en fut autrement aujourd'hui. Sa détermination aussi avait grandi. Son action lui paraissait légitime à présent. Hier, il y avait longuement réfléchi devant la cartonneuse industrielle qui continuait à le priver de son temps et de ses mouvements. À bien y regarder, il n'était pas plus voleur que ceux qui l'exploitaient depuis bientôt sept ans pour un salaire anémique, et guère plus cynique que la juge austère qui avait froidement entériné la décision de garde dans une salle lugubre du tribunal d'enfants. Des uppercuts comme ceux-là, donnés en toute légalité, il en avait eu son lot. Alors aujourd'hui, après des années de vaches maigres, il présentait sa créance, en toute simplicité, et sans autre ambition que de prélever sa juste part.

C'est dans un village de passage, encore relativement calme à cette heure matinale, qu'il passa à l'action. Il repéra immédiatement le bureau de tabac qui bordait la route et gara la voiture à proximité. Il réajusta sa casquette dans la glace du rétroviseur, puis se présenta à la porte du minuscule établissement. Il entra cette fois sans hésiter. Le local était vraiment très réduit, une quinzaine de mètres carrés à peine. Benjamin se retrouva bien vite nez à nez avec le buraliste. Sans faire cas de son interlocuteur, il se planta devant le comptoir et demanda d'une voix claire un carnet de timbres rouges et cinq jeux à gratter. Il tendit ensuite un billet de 50 euros et ne détourna pas le regard lorsque celui-ci glissa dans la fente du détecteur. Tout se passait comme prévu. D'un geste de la main, il saisit son nouveau butin puis rabattit vers lui la monnaie déposée dans la coupelle en verre : 25 euros et 20 centimes. Enfin, il sortit tranquillement du magasin en saluant l'homme qui lui souriait. C'était de plus en plus facile. Il fit quelques pas sur la chaussée, à la recherche d'un nouveau point de chute. Malheureusement, en dehors de la boulangerie située une centaine de mètres plus bas, il n'y avait aucun autre commerce à l'horizon. Il décida donc de reprendre la route en direction de Bagnols-sur-Cèze, le gros bourg des environs. C'est là-bas qu'il effectua sa toute première razzia.

Gagné par l'exaltation, il visita quatre magasins dans trois rues différentes, pour un gain total de 118 euros, le tout en moins d'une demi-heure. C'était son premier gros coup et il avait senti monter l'adrénaline au fil de l'enchaînement. Jusqu'à lui faire prendre des risques inutiles. Quatre opérations successives dans un si petit périmètre, c'était bien trop dangereux. Il devait diluer les changes dans l'espace et le temps, parce que les commerçants parlaient toujours entre eux, et un étranger qui multipliait les points de vente avec le même billet à la main, cela finirait par paraître suspect. Après Bagnol, il s'évertua donc à corriger le tir. Pour les sept coupures restantes, il multiplia les arrêts, la proximité de la zone commerciale l'aida considérablement dans sa tâche. Il avait commencé à prendre des aises avec sa technique d'approche. Il ne détaillait plus le commerçant de la tête au pied, comme auparavant. Homme ou femme, petit ou grand, souriant ou mal embouché, la physionomie de son interlocuteur présentait peu d'importance. Le billet allait de toute façon passer le test du détecteur, et la monnaie finir éparpillée sur le comptoir, alors pourquoi s'en faire ? Il devait simplement veiller à rester discret et le plus anonyme possible : vite vu, et surtout vite oublié.

À 9 h 35, il en avait terminé de sa prospection et se trouvait largement en avance sur son plan de marche. Il se gara sur le parking du magasin Darty qui avait ouvert ses portes depuis peu. Sur le siège passager, trônait l'enveloppe marron qui contenait maintenant la coquette somme de 332 euros. Il transvasa les pièces de monnaie et ne conserva que les billets, le total venait de descendre à 260, mais c'était encore suffisant pour acheter comptant un nouveau frigo.

Il se dirigea vers l'immense complexe commerçant avec sa liasse calée dans la poche arrière de son pantalon. Il n'y avait pas encore foule dans les allées, ni côté client, ni côté vendeur. Dans le rayon électroménager, il approcha d'une longue ligne de réfrigérateurs classés par ordre croissant de prix. Il se planta devant le premier modèle, un Proline blanc 205 litres dont le prix défiait toute concurrence. Pour 199 euros, il pouvait repartir avec un appareil au carénage soigné, d'un blanc étincelant. Pour la classe énergétique, c'était médiocre, forcément à ce prix-là, mais ce modèle avait tout de même obtenu une note de 4/5 à l'avis client. L'antiquité souffreteuse qui lui avait cassé les oreilles durant de longs mois n'aurait même pas obtenu l'aumône d'une évaluation. Il calcula qu'après son achat, il lui resterait encore 61 euros à utiliser selon son gré. Son idée était presque faite, mais par curiosité, il poursuivit son chemin, constatant sans surprises que les frigos montaient graduellement en prix. 249 euros pour le même modèle Proline, mais avec un espace congélation plus volumineux. Un premier Indesit affiché à 279 euros côtoyait ensuite une référence Samsung bradée à 299 euros. L'étiquette racoleuse annonçait une réduction de 18 %. À mi-allée, les prix commençaient à s'envoler : 399, 449, 559, c'était souvent par tranches de 50 ou de 100 euros que s'organisait la montée de gamme. Il renonça à poursuivre, en fait seules les quatre premières références étaient abordables.

Il hésitait encore un peu entre les deux Proline lorsque son regard fut attiré par un modèle tout à fait différent, un double porte aux lignes élégantes qui avait été entreposé près des réfrigérateurs en promotion. Jamais auparavant il n'avait craqué pour un objet, aussi séduisant soit-il. Il avait bien sûr entendu parler du vent de folie qui soufflait dans le monde des collectionneurs, et Jérémie, le fils du garagiste, avait eu une longue période tuning durant laquelle sa voiture était devenue une entité sacrée. Mais pour Benjamin ces attractions moléculaires restaient un défi à l'entendement, quelque chose qui ne le concernait pas. Pourtant, ce phénomène étrange le percuta de plein fouet ce matin-là. Pourquoi ce jour précisément ?

Allez savoir. Ce n'est pas le frigo en lui-même qui l'attira, mais un de ses éléments, une excroissance de luxe qui brillait comme un diamant sur sa monture. Il n'y avait évidemment rien de rationnel dans tout ceci, juste l'irrésistible envie de posséder cet objet, au-delà de toute considération matérielle. Et comme souvent en pareille occasion, c'est à cet instant précis qu'un vendeur passa dans son dos pour lui prodiguer l'ultime poussée.

— Excellent modèle de frigo américain, annonça-t-il en préambule.

Benjamin se crispa un peu.

— Approchez, fit le commercial en ouvrant en grand les deux battants en inox. Capacité de 357 litres pour le réfrigérateur, 144 pour le congélateur.

Le vendeur nota le regard du client posé sur le ventre de l'appareil.

— Le distributeur central intégré à la partie congélation

possède trois fonctions : eau fraîche, glaçon et glace pilée. C'est le vrai plus de cette gamme. Il fera le bonheur de votre famille.

À ce moment, l'homme à la chemisette grise hésita un peu. Ce client était-il vraiment père de famille ? Après tout, il était encore jeune. Et puis il n'était pas venu accompagné, ce qui pour un achat de cette nature était assez rare. En tout cas, il avait l'air attiré par la fontaine à eau, c'était souvent le gadget qui emportait la mise avec ces modèles. Il décida donc de cibler son argumentaire sur ce point précis.

— Ce qu'il faut savoir, c'est qu'avec le distributeur d'eau et de glaçons, la chaîne du froid sera beaucoup mieux respectée.
— Ah bon ? fit Benjamin intrigué.
— Et oui, pourquoi ouvre-t-on la porte d'un réfrigérateur ?
— …
— Dites-vous qu'une fois sur deux, c'est pour se servir en boisson fraîche. Du coup, avec ce système, on évite les déperditions de chaleur inutiles. Les cycles sont plus efficaces et au final, les aliments mieux conservés. C'est l'avantage principal de ces modèles, en dehors bien entendu de leurs volumes bien au-dessus de la moyenne et du confort apporté par le distributeur.

Benjamin avait écouté d'une oreille distraite le commercial dérouler ses arguments. Son regard alternait entre le prix exorbitant de l'appareil et cette fontaine à eau qui lui faisait de l'œil. Il savait bien qu'il n'avait aucune utilité à acheter un si grand frigo, celui-ci était destiné aux familles nombreuses, il aurait fallu au minimum quatre personnes pour remplir tous ces rayonnages, mais il ne voyait pas si loin. Il imaginait juste pouvoir se servir à profusion en eau fraîche et en glaçons, et se dire que si l'envie lui en prenait, il pouvait aussi ajouter à son verre un peu de sirop de fraise et de la glace pilée. Un caprice de riche auquel il venait d'associer Tiffany. Ne serait-elle pas heureuse, elle aussi, de profiter de cette fontaine à bonheur ?

— Vous n'avez pas plus petit ? demanda-t-il pour la forme.
— Non, c'est la taille standard des frigos américains. Celui-là est le dernier de sa catégorie, un modèle soldé à 20 %. Une belle occasion ! ajouta le vendeur Darty, avec son sens de l'à-propos.
— 849, évidemment c'est avec la réduction ?
— Oui.

Le regard de Benjamin balaya la ligne de réfrigérateurs. Plus un d'entre eux ne trouvait grâce à ses yeux à présent. Mais la somme restait énorme, plus de trois fois le budget qu'il s'était octroyé.

— Je n'avais pas prévu de dépenser autant, fit-il en baissant la tête.
— On peut faire un petit geste.
— Sur le prix ?
— Non, le modèle est déjà soldé. Seulement je peux vous prolonger l'extension de garantie de six mois et vous offrir la livraison.
— Le magasin offre déjà la livraison, rétorqua Benjamin.
— Pas la livraison express. Comme cela, vous pourrez profiter de votre fontaine à eau dès ce soir.

L'argument venait de faire mouche.

— Vraiment, je peux être livré dans la journée ?

— En fin d'après-midi, c'est faisable. Enfin, si vous n'habitez pas Paris.
— Je viens d'un petit village au nord d'Aubenas.

Le vendeur grimaça.

— Ouh là, il aurait presque mieux valu Paris ! Je plaisante. Installez-vous là-bas, on va voir ce qu'on peut faire.

Benjamin suivit le mouvement et prit place dans le siège réservé à la clientèle. Il se laissa guider pour les formalités d'usage. Il renseigna son adresse complète et versa la première partie de la somme en liquide. Le commercial compta à deux reprises les 260 euros amassés en petites coupures. Il avait perdu l'habitude de voir autant de liquidités d'un coup. Il s'éclipsa quelques secondes avec les billets à la main, puis revint vers l'acheteur.

— Vous réglez le reste par carte bancaire ? demanda-t-il.
— Oui, en paiement échelonné si possible.
— Pas de problèmes. Vous pouvez choisir entre trois ou quatre mensualités. Attention, il y a une petite majoration correspondant aux frais de dossier. De l'ordre de 30 euros.
— Très bien. Quatre mensualités.

Le vendeur plissa les yeux avant de retourner à son écran.
Sur sa chaise, Benjamin envisageait la suite des événements. C'est certain, il avait clairement exagéré pour le prix, 849 euros, cela dépassait largement le budget prévu. Il y avait la taille du réfrigérateur également, beaucoup trop grand pour ses besoins de célibataire. Mais il n'était pas responsable de la défaillance de l'ancien appareil, et lorsqu'il repensait aux lignes brutes du pre-

mier prix Proline et à son ridicule compartiment congélation, il avait bien du mal à nourrir un quelconque regret. Il était peut-être vrai que Louka et sa petite phrase avaient pesé dans la balance. Qu'importe ! Tiffany allait adorer cette fontaine à eau ! Et puis, il n'achetait pas une montre de luxe qu'il aurait exhibée à la vue de tous. Le risque finalement était minime. Enfermé dans la cuisine, à l'abri des regards indiscrets, son nouvel achat pourrait tranquillement remplir ses fonctions sans attirer la curiosité. Il fallait considérer cela comme une avance. Pour le financement, il verrait plus tard comment récupérer les 500 euros manquants. Cela ne devrait pas être un problème avec l'échéancier, il suffirait d'organiser, dans un mois, une nouvelle sortie pour équilibrer les comptes. Face à lui, le vendeur terminait de remplir le bon de garantie avec le sentiment du devoir accompli. Il venait de fourguer un modèle de frigo américain à un jeune Ardéchois qui n'en avait sans doute pas besoin, le tout pour deux concessions dérisoires. Il aimait de plus en plus son métier. Les deux hommes se saluèrent finalement avec la même impression de fortune.

Sorti du magasin, Benjamin ne traîna pas. Il reprit la direction de Montélimar et arriva au rond-point de l'autoroute pile à l'heure du rendez-vous, mais Karen et Tiffany n'étaient pas encore arrivées. Il effectua quelques pas sur le parking, anticipant les proches retrouvailles. La voiture de son ex-compagne pénétra sur l'aire de repos cinq minutes plus tard. Benjamin guetta l'arrêt de la Mégane et l'ouverture de la portière arrière. Tiffany sortit bientôt en étirant ses bras au ciel, elle avait l'air d'avoir dormi. Ses cheveux bouclés étaient en désordre et sa joue gauche portait encore les marques de couture de sa peluche favorite. Elle bâilla une seconde fois, puis se frotta les yeux. Benjamin sentit son cœur se serrer, il lui semblait que sa fille avait encore changé depuis leur dernier week-end, à moins que ce ne soit son image qui se soit diluée dans les jours fuyants. Il lui fit un petit signe de la main et s'approcha timidement, il avait toujours cette peur ridicule de ne pas être reconnu. Mais Tiffany vint aussitôt à sa rencontre en écartant les bras, elle arborait ce sourire tout droit sorti de l'enfance qui simplifiait tout. Il se dit que dans ce monde, ce n'était pas tous les jours que quelqu'un venait à sa rencontre en écartant les bras. Benjamin la saisit sous les aisselles et la souleva du sol avec précaution. Elle était si légère, un poids plume en salopette. Il déposa deux baisers sur son visage, dont un prolongé sur la joue rougie, puis la serra longuement contre lui. Il pouvait sentir la douceur de sa peau et son souffle chaud se propager dans le creux de son cou. Tout ce qui lui avait manqué ces deux dernières semaines, tout ce qui ne pourrait jamais s'acheter. Karen, sa mère, finit par quitter son siège et Benjamin reposa la petite au sol. Un autre rituel se mettait en place, celui-ci était moins agréable, fait de regards en biais et de mâchoires serrées. Avec elle, on ne savait jamais trop sur quel pied danser. Karen était difficile à lire. Son corps, à la fois maigre et musculeux, inspirait plutôt le combat, elle était sèche comme un coup de trique comme disait le dicton populaire, et cette nouvelle coupe au carré n'arrangeait rien à l'affaire. Cela faisait longtemps qu'il ne l'avait pas vu sourire, sans doute que leur relation ne s'y prêtait pas. Avec elle, et surtout depuis la séparation, le moindre conseil sonnait comme un reproche.

Bon, ce matin-là, Benjamin eut plutôt droit au vœu de silence, ce qui n'était pas plus mal. Son ex-compagne choisit de ne pas prononcer un mot en déchargeant les deux sacs du coffre, elle mima juste une inclinaison de la tête lorsqu'il proposa 18 heures pour l'horaire du retour.

La petite ne semblait pas sensible à ce changement d'atmosphère, du moins en apparence. Elle continuait à sourire en tenant la main de son père.

— Dis au revoir à maman, suggéra Benjamin.
— À demain maman, reprit Tiffany.

Karen s'agenouilla pour embrasser l'enfant, elle lui chuchota quelques mots à l'oreille, puis elle s'éloigna après un bref signe de la main et ce qui ressemblait tout de même à un demi-sourire. Benjamin cherchait la transition adéquate, mais il laissa d'abord la voiture s'éloigner.

— Bon, tu es prête pour un super week-end ? demanda-t-il lorsque la Mégane fut hors de vue.
— Ouiiii !
— Balade, coca, et bien sûr ce soir : crêpes au Nutella !
— Dans le sac vert, il y a l'habit de princesse, dit Tiffany.
— J'espère qu'il m'ira !
— Ce n'est pas pour toi ! protesta la petite. Maman a aussi mis le cahier d'écriture et le manuel de lecture.
— Super, fit son père sans grande conviction, parce qu'en vérité ces affaires de devoirs avaient plutôt tendance à l'ennuyer.
— Il faudra réviser la lecture de « Taoki à l'assaut du château-fort », ajouta l'enfant.
— On la lira promis, dit Benjamin. Allez en voiture ! Il y a de la route à faire.

La petite grimpa à l'arrière. Il chargea les deux sacs dans le coffre puis vérifia que sa fille était bien attachée. Il leur fallut dix minutes pour quitter définitivement la zone commerciale et une demi-heure pour abandonner la vallée derrière eux. Tiffany avait le nez collé à la fenêtre, elle observait le paysage, et de temps en temps réajustait sa peluche licorne qui lui servait d'oreiller. Benjamin retrouva la route des montagnes. Il conduisit en silence jusqu'au village. Il trouva le temps long parfois, heureusement le soleil les accompagnait, illuminant par un subtil jeu de lumière les forêts de marronniers.

À peine eut-elle franchi le seuil de l'appartement que Tiffany se précipita dans sa chambre. Elle savait qu'à chacune de ses visites, une petite surprise l'attendait sur son lit. Ce pouvait être une friandise, un magazine pour enfants ou alors un jouet sans prétention. Elle ne devinait pas que cette fois, le cadeau était de taille et soigneusement emballé. Benjamin lui accorda un peu d'avance, il attendait ce moment depuis mercredi. Il s'immobilisa dans le salon, tendit l'oreille, perçut à travers la porte restée entrouverte un bref cri de joie, puis le bruit du papier cadeau déchiré, et de nouveau un son cristallin qui partit dans les aigus. Tiffany finit par sortir de la chambre avec son chat en peluche dans les bras, on aurait dit un vrai.

— Il est tellement doux ! fit la petite.
— Il te plaît ?
— Trop, trop, trop doux ! répéta-t-elle. Je vais l'appeler… je ne sais pas encore.
— Tu choisiras plus tard.
— Chatounet ! s'exclama-t-elle.
— Chatounet, cela lui va bien. Regarde, il a l'air content de son nom.

Tiffany leva la peluche à hauteur de visage, puis la colla contre son cou. L'étreinte se prolongea durant de longues secondes, ils semblaient faire connaissance. Elle repartit finalement avec son nouveau compagnon sous le bras, elle venait de lui proposer une visite commentée de sa chambre. Benjamin en profita pour s'éclipser dans la cuisine et mettre à chauffer sur les plaques électriques deux cordons bleus et une boite de petits pois. Il prépara également deux pommes coupées en dés pour le dessert. Ils dînèrent à proximité du frigo sans vie en évoquant la semaine écoulée, la semaine de l'enfant bien sûr. Vers 14 heures, après un court intermède dessin animé, ils décidèrent de sortir prendre l'air. Chatounet fut du voyage, emmitouflé dans un vieux T-shirt de Benjamin pour protéger son poil luisant.

Tous les trois montèrent sur la place de la fontaine. En ce début d'après-midi, les boulistes n'occupaient pas encore leur terrain de prédilection, pour beaucoup c'était l'heure de la sieste. À dire vrai, il n'y avait pas grand monde dans l'enceinte circulaire, à part quelques habitués qui prolongeaient l'apéritif au bar. Benjamin et Tiffany s'installèrent en terrasse, les pieds tendus face au soleil. Michel vint prendre les commandes : un Monaco pour le père, un Coca pour la fille. Il ajouta pour l'enfant une sucette à la fraise qu'il déposa sur le plateau. Après sa présentation officielle, Chatounet eut également droit à sa sucrerie. Les commerçants du village étaient adorables avec Tiffany. Que ce soit au bar, à l'épicerie, ou à la boulangerie, il y avait toujours un mot gentil pour elle, et bien souvent une confiserie qui sortait miraculeusement du comptoir. La vie au village avait aussi ses bons côtés. Ici tout le monde se connaissait, et on savait faire corps quand une difficulté se présentait. Celle-ci ne les concernait pas directement, mais Benjamin, jeune papa à la situation précaire, était un enfant du hameau, et ses efforts pour accueillir sa fille quelques jours par mois étaient loués par les habitants. À leur façon, ils avaient décidé d'accompagner le mouvement.

Quand elle eut terminé sa boisson et avalé les deux sucettes (Chatounet lui ayant finalement donné la sienne), la petite demanda à revenir à l'appartement. Il y avait des devoirs à faire et elle avait terminé sa boisson. Benjamin jeta un œil à sa montre, l'après-midi avançait gentiment, il venait de recevoir un SMS indiquant que les livreurs de Darty passeraient entre 16 et 18 heures. Ils redescendirent donc dans le bas du village en flânant un peu entre les rues. Tiffany avait quand même l'air de s'amuser, elle présentait à Chatounet tout ce qui se proposait sur leur passage, de l'abri bus du parking au panneau de l'impasse, en passant par les poubelles chargées d'ordures. Elle le protégea même contre les attaques, pas bien féroces, du vieux Canaille, le chien du boulanger. Benjamin goûtait le moment présent avec l'envie de le prolonger, mais à peine rentrés, les choses se compliquèrent. Tiffany sortit de son gros sac un manuel de lecture et décréta qu'« on » devait lire l'histoire de « Taoki à l'assaut du château-fort ». Ils s'installèrent dans le canapé du salon, le livre sur les genoux de l'enfant. Benjamin l'aida à trouver la bonne page et suivit pas à pas les aventures de ce Taoki, petit dragon vert qui volait dans les airs une épée à la main. Le texte du jour avait des consonances en *Eil* et *Ail*. Ainsi, Taoki avait enfilé une cotte de mailles et faisait la course avec une abeille. Un garçon prénommé Hugo portait lui l'attirail du chevalier. Dans cette histoire, il y avait également un soleil (resplendissant) et une corneille (perchée sur un arbre). Tiffany se débrouillait plutôt bien, mais son énonciation restait lente. Benjamin aurait voulu passer cette séance de lecture en vitesse accélérée, mais c'était sans doute le rythme à suivre pour apprendre à lire. Il réalisa qu'il échappait régulièrement à cette corvée, c'était sa mère qui s'occupait de faire répéter l'enfant, elle qui était quotidiennement sur le pont. Benjamin tenta de se montrer à la hauteur de la tâche, complimentant régulièrement Tiffany lorsqu'elle passait sans obstacle l'un de ces phonèmes barbares. Et c'est peu dire que sa fille s'appliquait dans cet ouvrage. Elle y mettait du cœur et de l'énergie, engageant tout son petit être dans cette lutte contre les mots.

Quinze minutes s'étaient écoulées. C'était long, parce

qu'en plus du texte original, déjà bien chargé, il y avait des exercices complémentaires : mots outils à mémoriser et enchaînements de vocables redoutables, spécialement conçus pour la leçon : émail, gouvernail, conseil, groseille… Bon, l'histoire finalement se terminait bien. Dans un happy end un peu confus, le papa d'Hugo sortait son appareil photo pour ne perdre aucun détail de la bataille et tout le monde paraissait content. Tiffany également. Elle avait l'air en tout cas satisfaite de leur collaboration, son père ne s'en était pas si mal sorti pour un novice. Il ne s'était pas énervé et ne lui avait soufflé aucun mot pour abréger les révisions.

De bonne humeur, elle remisa le manuel au fond du grand sac, puis en sortit sa tenue de princesse bleu nuit. Elle fila ensuite dans sa chambre pour passer la robe. Benjamin patienta seul sur le canapé jusqu'à ce que Tiffany et son sourire enjôleur réapparaissent dans l'embrasure de la porte. La petite tendit ses bras à l'horizontale pour mettre en valeur la longueur de la traîne. Elle rayonnait comme une reine.

— Tu es magnifique ! fit son père.
— Maman dit qu'il faudrait la raccourcir un peu. Elle veut faire un bourrelet.
— Un ourlet.
— Oui. Alors, tu l'aimes bien ?
— Elle te va parfaitement. J'aimerais bien être le roi à tes côtés.
— Ce sera Salim le roi. C'est la maîtresse qui l'a choisi.
— Il est gentil ?
— Oui, ça va.
— Et il est beau ?

Elle souleva ses épaules en faisant la moue.

— Bof. Lui, il aura une couronne et un pestre.

— Un pestre ?
— Oui, un long bâton doré.
— Je crois qu'on dit un sceptre.
— Moi, j'aurai juste une couronne, regretta Tiffany.

Puis elle tourna sur elle-même pour faire voler son bas de robe. Benjamin, prenant place sur une chaise, lui proposa de clore son défilé par quelques pas royaux dans le salon. Ravie de l'aubaine, elle s'exécuta, levant haut le menton et décomposant chacun de ses gestes, telle une mécanique de haute précision. Elle était vraiment parfaite pour le rôle, le roi Salim aurait intérêt à être au niveau ! La jeune princesse se retira ensuite dans sa chambre pour y converser avec son fidèle servant Chatounet, secrets d'alcôve sans doute. Cela arrangeait les affaires de Benjamin qui avait encore toute la cuisine à ranger. Il devait surtout vider le réfrigérateur avant l'arrivée du camion Darty. Il commença par récupérer la boite de crème de marrons à demi entamée, s'ensuivirent un pot de cornichon, un verre de moutarde à l'ancienne et le flacon de ketchup. Il hésita à nettoyer les rayonnages mais se dit que l'appareil allait sans doute partir directement à la casse. Il se contenta d'assécher les quatre pans de la partie congélation. Peu de temps après, il reçut un appel des livreurs qui venaient de pénétrer dans l'impasse. Benjamin confirma l'adresse puis sortit à leur rencontre. Le véhicule était déjà stationné devant son numéro, moteur à l'arrêt. Deux hommes d'une trentaine d'années s'étaient positionnés face au hayon arrière, il y avait un trapu à la barbe bien taillée et un gaillard blond d'un mètre quatre-vingt-dix, dans la tradition viking.

— Il y a quelque chose à charger ? demanda le plus petit en consultant son plan de route.
— Mon vieux frigo.

— Vous l'avez vidé ?
— Oui, c'est fait.
— On va commencer par ça alors.

Benjamin les précéda dans l'entrée.

— Vous voulez un coup de main ? demanda-t-il.
— Ça va aller. Peut-être pour le frigo américain.

Les deux hommes emportèrent l'antiquité sans trop d'efforts, laissant son ancien propriétaire découvrir en lieu et place de l'appareil un sol poussiéreux et taché, répugnant par endroits. En toute hâte, il sortit l'aspirateur du cagibi. Il fit disparaître les moutons gluants qui s'étaient agglutinés contre les plinthes, et avec une éponge humide, il s'attaqua à des résidus de confiture de fraise. C'est à ce moment que Tiffany apparut dans la pièce, intriguée par les allers et venues.

— Qu'est-ce que tu fais ?
— Je nettoie. On va avoir un nouveau frigo.

L'enfant dut reculer car les livreurs étaient déjà de retour dans le couloir. Ils tiraient un immense carton qui devait peser plusieurs dizaines de kilos. Benjamin avait complètement oublié de leur prêter main-forte.

— Laisse-le là pour le moment, dit celui qui portait la petite barbe et semblait diriger les opérations.

Dans la cuisine, il fit mine d'examiner les lieux.

— Y aura pas la place. Il va falloir pousser votre meuble.
— Désolé, j'y avais pas pensé, s'excusa Benjamin.
Il aida à déplacer le vaisselier chargé à ras bord qui tangua dangereusement, puis profita des quelques secondes

de battement pour aspirer encore une fois le carrelage jonché de débris de porcelaine et de toiles d'araignées. Dans le couloir, le géant aux mains expertes avait entrepris de sortir l'appareil de sa protection en polystyrène. Lorsqu'elle découvrit le nouveau modèle, Tiffany justifia d'une seule phrase l'achat à 849 euros :

— Il est trop beau et il a plein de boutons !

Le livreur sourit à l'enfant qui semblait minuscule à côté de lui.

— Il donne de l'eau, et des glaçons aussi. Tu vas voir, c'est super.

Tiffany ne perdit pas une miette de l'opération d'installation. Les deux techniciens raccordèrent l'appareil à la prise d'eau et vérifièrent ensuite le niveau au sol.

— Il a fait le transport à la verticale, mais il vaut mieux attendre demain matin pour la mise en route, recommanda le responsable.
— Ah bon ? fit Benjamin déçu. J'avais pensé qu'on pourrait en profiter dès ce soir avec la petite.

Tiffany, qui s'était rapprochée du frigo, avait déjà commencé à pianoter sur les boutons de la fontaine à eau.

— Ce sont les recommandations officielles. Après c'est à vous de voir.
— Attendez au moins quelques heures, ajouta son collègue en compressant de ses mains surdimensionnées les grands panneaux de carton.
— D'accord. Vous voulez peut-être boire quelque chose ? Un petit café ?
— Non merci, c'est gentil mais on a encore une livraison

à effectuer. C'est que c'est pas tout près chez vous.

Benjamin sourit en levant les yeux au ciel. Il aida ensuite le binôme à évacuer les emballages repliés. Tiffany suivit le mouvement. Père et fille regardèrent avec une certaine émotion le camion jaune remonter l'impasse sur une cinquantaine de mètres, ils lui firent même un salut amical de la main lorsque ce dernier tourna au coin de la rue.

— Zut, j'ai oublié d'acheter les sirops ! dit soudain Benjamin en se frappant le front.

Tiffany haussa les épaules comme si cela n'était pas très grave.

— Si, si, il nous en faut pour ce soir ! Je vais aller voir à la supérette. Tu viens avec moi ?

La petite ne fut pas longue à décider, elle connaissait ses intérêts. Sitôt arrivée au magasin, Lisa lui offrit un mini sachet de friandises, c'est aussi pour cela qu'elle aimait accompagner son père dans ses pérégrinations. Ils choisirent ensemble, au sein d'un rayonnage bien étoffé, trois parfums de sirop. Tiffany prit la fraise, Benjamin la menthe, et ils s'accordèrent sur le dernier, aux fruits de la passion. Avec leur sac de provisions sous le bras, ils redescendirent la rue sans se presser, multipliant les zigzags sur la voie principale. La gamine avait ouvert son sachet de bonbons et avalait des crocodiles de toutes les couleurs. Elle semblait heureuse et son père en oubliait un peu les dernières journées passées sous haute tension. De retour à l'appartement, faisant fi des recommandations officielles, il brancha le réfrigérateur qui commença à ronronner doucement, et après le repas du soir, ce fut Tiffany qui eut l'honneur d'étrenner l'appareil. Muni de la notice, Benjamin lui prodiguait les instructions à suivre. Elle remplit d'abord son verre d'une bonne dose de sirop de fraise puis sélectionna l'option glaçon sur l'écran lumineux. Elle le plaça ensuite dans le réceptacle et appuya sur le bouton noir. On entendit un bruit de friction, puis les morceaux de glace dégringolèrent de la façade et remplirent la moitié du verre. Tiffany commanda ensuite l'eau fraîche qui se mélangea aux cubes congelés et au sirop écarlate. Assez fière de sa composition, elle se tourna vers son père qui lui tendit une longue paille fluorescente. La fête allait pouvoir commencer. Benjamin se servit pour sa part une menthe à l'eau. Ils allèrent siroter ensemble leur breuvage coloré sur le canapé du salon. Ils ne parlaient pas, on entendait juste des petits bruits de succion prolongés par le crépitement des pailles. De temps à autre, Benjamin tendait l'oreille en direction de la cuisine, il appréciait le silence rassurant qui émanait de la pièce. Plus de claquement ni de râle de l'autre côté de la porte, l'appareil qui agonisait en début de semaine ne souffrait plus, et son remplaçant était d'une discrétion absolue.

Une bonne partie de la soirée fut occupée à ces allers-retours au distributeur de boissons. Tiffany se leva plusieurs fois pendant le dessin animé. Sa fille avait commandé « la reine des neiges 2 » sur la chaîne de vidéos à la demande, c'était complètement en accord avec le thème du soir, avec de belles robes de princesse et de la glace à profusion. Tourné vers la table basse, Benjamin terminait en solitaire l'assiette de crêpes, et il eut encore une fois la main assez lourde sur le Nutella. Il avait aussi goûté aux trois sirops, avec une préférence pour la fraise. Il avait bien remarqué que sa surcharge pondérale avait repris de la consistance depuis les derniers événements. À vue de nez un bon kilo, peut-être deux, et l'arrêt de la course à pied n'expliquait pas tout. Il se dit que lorsque la petite serait repartie, il faudrait remiser les bouteilles de sirop au fond du placard et se contenter de l'eau réfrigérée de sa nouvelle fontaine. C'étaient des résolutions dont il avait l'habitude, mais qui n'avaient pas toujours force de décision, loin de là.

En étalant la pâte huileuse sur la dernière crêpe, il entonna quelques paroles avec Tiffany qui avait décidé d'accompagner la princesse Elsa dans son lyrique final. Il chanta en mâchouillant la crêpe garnie de chocolat, autant dire que le rendu était assez catastrophique. À la fin de la chanson, il se proposa de remplir à nouveau les verres dans la cuisine, mais la petite insista pour s'occuper de cette tâche, elle avait déjà tout compris aux boutons phosphorescents et tenait à se débrouiller seule. Le film se termina un peu avant 22 heures. C'était bien tard pour Tiffany qui avait commencé à somnoler sur le canapé. Benjamin accompagna l'enfant à la salle de bains puis lui passa un pyjama pour la nuit. Il resta quelques instants au bord du lit, mais elle ne fut pas longue à partir au pays des songes. De temps en temps, il ouvrait la porte de la chambre pour vérifier que tout allait bien. C'était le cas. Sa fille tenait sa nouvelle peluche serrée contre elle et dormait paisiblement. Le souvenir des rires et des chants commençait doucement à s'estomper.

À nouveau seul dans le salon, Benjamin voyait revenir vers lui des fantômes qu'il connaissait bien. Cela se passait souvent ainsi à la nuit tombée, les événements prenaient une autre coloration, nettement plus sombre. Il entrevoyait, peut-être plus lucidement, les conséquences irrémédiables de son geste et les complications à venir. Cela se faisait insidieusement, par petites touches, ou alors de manière plus brutale, lorsque tous les éléments se mettaient en place. Il se rappelait alors le montant de la somme, faramineux, le vigile tué par balles, et l'hélicoptère planant au-dessus de sa tête. C'était un triptyque récurrent : des billets, du sang et du bruit, il possédait les premiers et craignait les deux autres. Évidemment, il était inutile d'espérer trouver le sommeil dans ces conditions. Il aurait fallu une aide chimique, quelque chose de puissant, mais il se méfiait des pilules miracles et surtout il avait besoin de toute sa tête pour faire face aux prochaines échéances. Il ralluma donc la télévision, son antistress le plus efficace, et zappa d'une chaîne à l'autre jusqu'à 4 heures de matin, jusqu'à ce que l'épuisement ne l'emporte enfin, pour une petite poignée d'heures.

Lorsqu'il se réveilla, avec les premiers rayons du soleil, son corps portait les stigmates de la posture canapé. La nuque raide et le dos endolori, il s'étira longuement entre les deux coussins, puis se leva en grimaçant. Il passa ensuite dans la chambre de l'enfant, puis dans la sienne, pour vérifier que le sac était toujours sous le lit. C'était le cas. Tout le monde dormait bien à sa place.
Il attendit le réveil de Tiffany une bonne partie de la matinée, mais sa fille fit durer le plaisir, elle ne montra le bout de son nez qu'à 11 heures. Benjamin lui prépara des tartines de confiture et un bol de chocolat chaud, il savait déjà que le temps lui était compté. Sitôt posé le bol dans l'évier, il lui proposa de sortir à Vals-les-Bains. D'ordinaire, elle aimait bien se balader dans les jardins arborés de la ville thermale, mais aujourd'hui elle n'était pas très partante. Son père n'insista pas. Elle avait déjà fait deux heures de voiture hier et elle doublerait sa peine ce soir, cela faisait beaucoup de trajets pour un seul week-end. Il la laissa regarder les dessins animés à la télévision et en profita pour filer à l'épicerie acheter un paquet de cônes glacés.
En début d'après-midi, il parvint à la convaincre de sortir faire un peu de vélo dans le bas du village, une petite

balade d'une heure ponctuée d'un arrêt de 20 minutes près du ruisseau. Tiffany eut l'air de s'amuser. Benjamin aussi apprécia l'instant, la nature autour d'eux était vraiment de toute beauté, distillant son calme et sa tranquille permanence. De retour à l'appartement, il éventra le paquet de glaces et tendit un cône vanille-fraise à sa fille. Ils dégustèrent en silence leur crème glacée sur le canapé. Cela sentait déjà un peu la fin, et les minutes qui précédèrent le départ de l'enfant furent, comme souvent, un peu tristes. Le week-end était passé si vite, à peine avaient-ils eu le temps de se retrouver que Tiffany devait déjà se préparer à repartir. C'était la loi du genre, et sous ses allures réglées, elle avait bien quelque chose d'inhumain. Après ce goûter, Tiffany commença donc à ranger ses affaires. Benjamin prépara quelques pots de crème de marrons qu'il glissa dans le grand sac, et à 16 h 45, ils quittèrent l'appartement. La petite n'était guère loquace, elle se contentait de serrer sa grosse peluche entre ses bras et faisait de temps à autre tourner ses bouclettes brunes au bout de son index. Son père l'installa sur la banquette arrière et chacun s'abandonna à ses pensées durant le trajet. Benjamin, visage fermé, roula d'une traite jusqu'au lieu de rendez-vous, il observait de temps à autre sa fille dans la glace du rétroviseur et se prenait à envier Chatounet qui avait droit à tous les câlins.

Ils arrivèrent à l'aire de repos avec dix minutes de retard, la faute à un poids lourd désespérant de lenteur. Sur ces routes en serpentin, la patience était une vertu indispensable, elle comptait autant que la puissance d'un moteur ou sa capacité à monter rapidement en régime. Lorsqu'il pénétra sur le parking, Karen les attendait, adossée à la Mégane, portes et coffre déjà ouverts. Cela donnait le ton. Elle parvint quand même à sourire lorsqu'elle aperçut l'enfant, le temps d'un instant donc, son visage s'éclaira de nouveau. Tiffany sortit en trombe de la voiture et courut présenter sa nouvelle peluche à sa mère. La petite semblait reprendre vie au moment où son père tentait péniblement de masquer sa peine. Benjamin prit sur lui, essaya de rendre les derniers sourires de sa fille, mais le cœur n'y était plus.

Il mesurait, mieux que personne, le long décompte qui allait débuter : treize jours sans possibilité de contact physique, treize nuits pour tomber dans l'oubli. Il s'agenouilla et serra ce petit corps dans ses bras. Dans deux semaines, Tiffany aurait sans doute encore grandi, mais pour le moment elle était toute proche, collée contre son torse. Sa mère abrégea les effusions en décrétant le départ, en creux on devinait qu'elle n'avait pas apprécié le retard conséquent. C'est vrai que madame n'aimait pas attendre. Benjamin, impuissant, regarda l'enfant s'installer à l'arrière du véhicule et la porte se refermer dans un claquement sourd. Tiffany repartait dans un bruit de portière, sans « happy end » à la Taoki. Dans cette histoire-là, il n'y avait pas de dragon facétieux, pas de visages radieux, aucune morale rassurante, seulement un malheureux qui agita la main jusqu'à ce que sa fille soit sortie de son champ de vision.

Benjamin ressentait amèrement ce nouvel abandon, il avait dans la bouche un arrière-goût prononcé d'injustice. Parce que sa défaite ne découlait pas d'une lutte engagée, menée à armes égales, la sienne avait un caractère inéluctable, et c'est ce voile de fatalité qui la rendait insupportable. Il pouvait remballer ses sirops et ses crêpes, il ne faisait pas le poids face à la répartition inégale du temps de garde. Le combat était perdu d'avance.

Passablement remonté, il grimpa dans la Clio et démarra sur les chapeaux de roues. Cela se passait souvent ainsi au moment de rendre Tiffany, il ressentait toujours de la tristesse et beaucoup de rancœur. Pourtant… Il discutait la décision du juge, mais dans le fond il savait aussi qu'il était matériellement difficile de faire autrement. Tiffany ne pouvait pas dupliquer sa vie et fréquenter deux écoles différentes. La justice avait été rendue selon des critères objectifs. La mère partie à Valence, la question de la garde avait rapidement été réglée. Karen avait emmené l'enfant avec elle, la juge avait considéré que c'était dans l'ordre des choses, elle aurait pu préciser l'ordre naturel des choses. Avec un week-end sur deux et la moitié des vacances scolaires, c'était à lui d'adapter sa peine. Personne ne lui ferait l'offrande d'un mot de réconfort, la société avait tranché, il n'était pas une priorité de vie pour l'enfant. Il avait parfois l'impression de n'être qu'une victime collatérale, un élément dont on ne se souciait guère. S'il avait appartenu au beau sexe, les regards auraient sans doute été différents, plus compatissants peut-être, mais avec deux testicules au bas du ventre, il était condamné à se battre pour regagner un peu de terrain, car sa parcelle était vraiment rachitique.

Il ralentit un peu, la colère était mauvaise conseillère, et l'excès de vitesse sans doute pas la solution à ses problèmes. Et puis quelque chose était changé ce soir. Il ressentait toujours la lourdeur du préjudice subi, mais pour la première fois, il entrevoyait aussi la possibilité d'y mettre un terme. Sur sa droite, il pouvait observer le cours du Rhône qui traçait son chemin dans la vallée. Pour mettre fin à ses souffrances, il n'avait qu'à remonter ses méandres et retrouver Valence, située à une centaine de kilomètres en amont. Ce n'était plus les moyens qui lui manquaient à présent. Avec ce qu'il possédait sous son matelas, il pouvait s'acheter une vie nouvelle, acquérir un bel appartement dans le centre de la ville (en attendant mieux) et se consacrer entièrement à sa fille. Il pouvait encore rattraper le temps perdu. Après tout, elle n'avait que six ans, ils avaient encore de belles années devant eux. Benjamin, tout en entretenant l'espoir, se rappelait l'endroit où il s'apprêtait à retourner. Le village était devenu comme cette route en lacets qui partait vers les montagnes, piégeux et dangereux. Pour s'extraire de ce carcan, il allait devoir faire preuve de sang-froid et de patience. Cela allait prendre du temps, le temps de l'oubli. Mais pour Tiffany, et même si la vie le cognait parfois aux entournures comme ce soir, il était prêt à ce sacrifice. Il s'en fit le serment, il ferait bientôt le chemin inverse. Un jour, qu'il espérait proche, il partirait s'installer dans la vallée, avec dissimulé quelque part dans le coffre arrière de sa voiture, de nouveaux moyens de lutter. Cette promesse d'une vie nouvelle près de sa fille renforçait sa détermination.

4

Lorsque la sonnette retentit, laissant échapper un son strident, Benjamin était affalé sur son canapé depuis une vingtaine de minutes. Les huit heures de labeur quotidien lui avaient pompé toute son énergie, il n'avait même pas eu la force de se rendre sur la place, juste celle d'allumer la télévision, sa docile partenaire. Pourtant, dès qu'il perçut le signal sonore, il sembla retrouver une partie de ses facultés. Il se redressa sur son siège et coupa immédiatement le son du téléviseur. En consultant sa montre, il se demanda qui pouvait se présenter à sa porte à cette heure tardive. En fait, l'horaire était anecdotique, la véritable question était de savoir qui pouvait bien venir jusqu'ici sans y être annoncé. Il ne recevait quasiment jamais de visites, les rares fois où il avait entendu la sonnette résonner à l'improviste, c'était au moment de la fête d'Halloween, quand les gamins du coin opéraient dans les rues du village, grimés comme des petits monstres. Benjamin s'approcha de l'entrée à pas feutrés.

La porte de son appartement ne possédant pas de judas, il n'avait aucune possibilité de savoir qui se tenait à cet instant précis les deux pieds sur son paillasson. Sa main se posa prudemment sur la poignée, il tendit l'oreille, on ne percevait aucun bruit à travers l'encadrement, ni déplacements ni chuchotements. Il devait maintenant prendre une décision, allait-il ouvrir ou faire le mort ? Il se dit que sa voiture était garée dans l'impasse et qu'on avait pu apercevoir la lumière de l'écran à travers les rideaux entrouverts, il tira finalement le battant vers lui, d'un geste lent, comme s'il n'était pas encore tout à fait décidé.

Il découvrit Cameron dans une posture très décontractée, bras croisés, le dos appuyé contre le muret, un de ses genoux replié vers la paroi, on aurait dit qu'il attendait tranquillement la venue d'un bus ou d'un train. Cela tombait bien, Benjamin, avec son bras tendu à l'horizontale et sa main agrippée à la poignée, faisait penser à la barrière d'un passage à niveau. Avec un peu d'imagination, on pouvait même imaginer le feu rouge clignotant dans son dos et anticiper les appels à la vigilance.

— Salut, je ne te dérange pas j'espère, fit Cameron en avançant légèrement.
— Non, pas du tout, mentit Benjamin.
— C'est André qui m'a donné ton adresse. Je me suis permis…

Et comme souvent, il laissa sa phrase en suspens. Cela ne dura que quelques secondes, mais le temps parut interminable. Attendait-il qu'on le fasse entrer ? Cela aurait été la simple bienséance, au moins quelques pas dans le vestibule, mais instinctivement, Benjamin comprit qu'il devait tenir cette position tant que son visiteur surprise n'aurait pas dévoilé ses intentions.

— J'espère vraiment que je ne te dérange pas, insista Cameron en laissant son regard aller et venir au-delà de la porte protégée.
— Non, non, pas de problème.

Cameron marqua de nouveau une pause où il se contenta de regarder par-dessus l'épaule de son interlocuteur, puis il reprit sur un ton détaché :

— On m'a dit que tu as eu une livraison samedi, en provenance des magasins Darty.

Benjamin acquiesça.

— J'avais besoin de quelques informations parce qu'avec le déménagement, j'ai pas mal d'électroménager à acheter.
— Qu'est-ce que tu voulais savoir ?
— Déjà, est-ce qu'ils t'ont fait des histoires pour livrer jusqu'ici ?
— Non, pas du tout. C'est pas tout près, mais ils se déplacent.
— Il y a des frais ?
— Pour la livraison ? Non, en principe c'est gratuit.
— Quel que soit le montant d'achat ?
— Ça, je ne sais pas.

Cameron se repositionna face à Benjamin.

— Content de leur service alors ?
— Plutôt. Ils te donnent une fourchette pour l'horaire, et dans mon cas ils étaient à l'heure.
— Et pour l'installation ?
— Tu peux la faire toi-même, mais en général c'est compris dans le forfait.
— Bien ! s'exclama Cameron en se frottant les mains.

Depuis qu'il avait prononcé le nom du magasin, Benjamin s'était raidi, considérant son visiteur sous un nouvel angle. Il tentait d'oublier la partie visible, son sourire naturel et ce contact facile qui glissait naturellement vers une forme de connivence, pour ne se consacrer qu'à l'essentiel. Du moins à une question essentielle. Que venait-il faire ici ? Comment croire en effet qu'un garçon aussi au fait de son époque n'ait pas pensé à récolter toutes ces informations sur le site internet du vendeur. En deux ou trois clics, il aurait eu les réponses à toutes ces questions. S'il s'était déplacé jusqu'à sa porte, c'était pour une autre raison ? Laquelle ? Voulait-il lui demander un service en particulier, ou parfaire son intégration (déjà excellente) par un nouveau lien d'amitié ? Tout cela était plausible, mais il existait aussi un autre scénario dont seul Benjamin avait connaissance. Enfin, à ce stade, et si son hypothèse se vérifiait, on pouvait aussi imaginer que Cameron soit également dans la confidence, et donc qu'à ce moment précis de leur discussion, tous deux savaient exactement de quoi il en retournait. Benjamin serra plus fermement encore la poignée de la porte grande ouverte.

— C'était quoi ? demanda soudain Cameron.
— Quoi, quoi ? bégaya Benjamin.

L'étranger ne répondit pas. Il regarda le bout de ses chaussures, se baissa, ôta un fil accroché à son lacet, puis il en fit une petite boule qu'il fourra au fond de sa poche. Il leva enfin les yeux vers celui qui avait de plus en plus de mal à contenir sa gêne.

— Ce que tu as acheté, c'était quoi ?
— Ce que j'ai acheté ?
— Oui.
— Un frigo. Le mien vient de me lâcher.
— Pas de veine. C'est le lot de tous les appareils maintenant, ils vont péniblement jusqu'à la garantie de deux ans. Et puis après…
— …
— Après, boum ! Tu en es de ta poche !

— T'as raison, c'est souvent ça, balbutia Benjamin en évitant son regard.

— Moi aussi je vais avoir besoin d'un frigo. Tu as choisi quel modèle ?

La conversation prenait le chemin tant redouté. Dire la vérité était évidemment impossible, mais mentir, avec la pièce à conviction posée à quelques mètres de là, était aussi un risque majeur. Et il devinait déjà la prochaine demande de Cameron, si proche de la cuisine.

— Un modèle d'exposition soldé. C'était le dernier, précisa-t-il pour couper court à toute projection.

— Quelle marque ?

— Un Samsung.

— Correct le prix ?

— Avec les 30 % de réduction, oui.

— Tu as fait une bonne affaire alors ?

— L'avenir le dira, fit Benjamin avec une timide tentative de sourire.

Il attendait une relance, un nouveau commentaire, mais Cameron continuait à balayer du regard les pièces de l'appartement derrière lui, et de temps à autre, il s'arrêtait sur le visage tendu de son occupant. Le visiteur ne posait plus de questions mais n'avait pas l'air vraiment pressé de repartir. Attendait-il toujours que Benjamin l'invite à entrer, lui fasse visiter les lieux ? C'était mal engagé. Ce dernier, main agrippée à la poignée depuis le début de leur conversation, ne semblait pas prêt à lâcher prise. Avec son bras ankylosé et son rictus hésitant, il tentait d'appréhender, aussi habilement que son vis-à-vis, ces temps de latence qui en disaient plus que d'interminables discussions. Le combat était inégal, car l'étranger excellait vraiment dans cet exercice. Immobile sur le perron, il paraissait n'éprouver aucune gêne dans l'inaction, il aurait pu rester des heures dans cette position de guetteur. C'est pourtant lui qui fit mine de conclure.

— Très bien, merci pour tout. Je vais te laisser tranquille maintenant.

Inconsciemment, Benjamin esquissa un geste de dégagement, mais au lieu de reculer, son interlocuteur fit un pas en avant. Il était maintenant à quelques centimètres de son visage.

— Tu devrais quand même repenser à ma proposition.
Et sur le ton de la confidence, il ajouta.
— Il y a toujours moyen de s'arranger.

Il avait presque susurré cette dernière phrase, comme s'il avait un accord secret à passer.

— Tu parles de quoi ? demanda Benjamin, qui avait perdu le fil.
— De ton téléphone. J'ai vu ce que tu avais en main sur la place. Lui aussi parait bon à changer…
— Mais il marche bien.
— C'est l'argument des vieux ça ! s'amusa Cameron. À ce compte-là, le tout premier modem internet aussi marchait bien, c'est juste qu'il lui fallait 20 secondes pour charger une page ! Blague à part, je peux t'avoir beaucoup mieux pour un prix très raisonnable. Ce que je ne t'ai pas dit sur la place, rapport aux anciens et à leur code de conduite, c'est que pour tout paiement en liquide, il y a une remise supplémentaire de 10 %. Avec toujours la garantie de deux ans, bien sûr.
— Promotion ?
— On peut dire cela. Bon, je ne te fais pas un dessin. Disons qu'on y trouve aussi notre compte.
— 10 %, c'est intéressant.

— Je monte jusqu'à 15 % sur les très gros modèles.

Benjamin ne savait plus comment s'en défaire.

— J'ai un peu tous les prix. Cela va de 250 à 2 600 euros, insista Cameron.
— Merci pour ta proposition, mais je vais garder le mien quelque temps encore. Ce n'est vraiment pas prévu dans mon budget.
— C'est sûr, avec l'achat du nouveau frigo, cela t'a fait des frais.
— Pas mal, oui.
— Je ne sais plus combien tu m'as dit. 450 ? C'est ça ?

Plus à l'aise dans la répartie, Benjamin n'hésita pas.

— Je n'avais pas précisé le prix. En fait, c'était 329 euros.
— Avec les 20 % de réduction ?
— 30 % de réduction.

Cameron baissa la tête et recula d'un pas.

— Dommage que c'était le dernier. J'aurais bien aimé en profiter.
— Mais il y avait d'autres modèles sympas, j'espère que tu trouveras ton bonheur.
— En cherchant bien, on finit toujours par trouver.

Benjamin ne trouva cette fois rien à redire.

— En tout cas, merci pour toutes ces informations, conclut Cameron avec un petit sourire en coin.

Benjamin acquiesça, mais sans bouger d'un centimètre, il avait pris l'habitude de ces fausses sorties. Cette fois pourtant, son mystérieux visiteur tourna vraiment les talons. Il patienta quelques secondes avant de lâcher prudemment la poignée, puis il fit deux pas en direction de la ruelle. Il aperçut Cameron au pied de la côte qui s'apprêtait à rejoindre le haut du village. Ce n'est que lorsque ce dernier se trouva hors de vue qu'il s'autorisa à souffler un peu. De retour à l'appartement, il ferma à double tour, puis s'avança dans la cuisine où l'imposant frigo américain trônait entre le vaisselier et l'évier. Son cœur continuait à battre un peu trop vite, il sembla même encore accélérer à la vue de l'élément embarrassant qui menaçait désormais sa position. Il n'avait pas laissé à Cameron la possibilité d'apercevoir l'objet du délit, c'était sûrement la chose à faire, mais si c'était bien la personne qu'il croyait, elle saurait noter son choix dans un coin de sa tête. Il avait de toute manière commis trop d'impairs pour s'en sortir blanc comme neige. Cette histoire de modèle au rabais n'était pas une mauvaise idée, mais elle ne résisterait pas à un examen approfondi des lieux. Il suffisait de faire le tour de l'appartement, de constater la déliquescence de la literie, la vétusté du canapé, de recenser tous les objets de récupération, pour poser un constat sans appel sur le pouvoir d'achat du locataire. Et s'interroger sur la présence de cet appareil flambant neuf qui, même soldé, devait au bas mot chercher dans les 800 euros, n'en déplaise à son acquéreur. Benjamin s'était enfoncé une belle épine dans le pied avec ce « coup de cœur ».

Il réfléchit un instant à la possibilité de se séparer de l'objet de ses tourments, de le remplacer par un modèle plus conforme à son statut, mais techniquement c'était impossible. Il ne pouvait déménager seul cet appareil et il lui était impossible de mettre quelqu'un dans la confidence. C'était également compliqué de faire revenir les livreurs Darty. Dans le village, tout se savait. Le nouveau venu n'avait eu qu'à tendre l'oreille pour apprendre qu'un camion de transport était passé samedi soir dans l'impasse du bas. On lui avait même donné l'adresse exacte de la livraison. Ce n'était pas la peine d'essayer de changer de modèle en toute discrétion.

Il restait à espérer que cela n'était qu'une simple coïncidence et qu'il se trompait sur la nature de cette visite. Cameron n'était peut-être qu'un gentil garçon qui voulait rendre service et sa femme une beauté du diable qui s'ignorait. Espérer ne coûtait pas grand-chose. Il prit un verre sur la table, s'approcha du frigo, fit couler un peu d'eau fraîche et ajouta de la glace pilée. Il passa le verre sur son visage rougi, but quelques gorgées glacées et évacua le reste dans l'évier ébréché. Espérer ne le mènerait pas très loin non plus.

Tout doucement, les éléments du puzzle se mettaient en place. Il chercha à procéder par élimination, sans doute comme l'avaient fait les braqueurs avant lui.

Qu'avaient-ils considéré en premier lieu ? Le sac, forcément. Dissimulé dans le sous-bois, il était parfaitement indétectable de la route, Benjamin qui avait eu tant de mal à le dénicher sous les fourrées était bien placé pour le savoir. Les ouvriers qui s'occupaient de la réfection de la chaussée auraient pu jouer un rôle dans cette affaire, mais ils ne travaillaient pas ce jour-là, ce n'était pas difficile à vérifier. Restait la possibilité du promeneur égaré, seulement la zone était tout de même très éloignée des sentiers, cela paraissait peu probable, surtout dans un laps de temps si court. L'hypothèse la plus crédible menait à la piste du guetteur. Quelqu'un avait dû observer la scène, une personne qui se trouvait proche de l'endroit, mais suffisamment à l'écart tout de même pour ne pas être aperçue par les deux occupants du véhicule. Il ne fallait pas être grand investigateur pour découvrir que le chemin qui longeait la départementale et reliait le bas du village à la ferme des Jacquomots offrait un point de vue privilégié sur le lieu de l'action. La suite était logique. Celui qui avait repéré la manœuvre avait ensuite rejoint le sous-bois, découvert le butin, puis décidé d'emporter le tout. Cette personne avait agi rapidement et discrètement. Pour cela, elle devait bien connaître les lieux. C'était sans doute quelqu'un d'installé au village, un homme très certainement, à cause du poids du sac. Les braqueurs avaient dû parvenir à cette conclusion sans trop de difficultés. Ensuite, ils s'étaient demandés comment remonter la piste. En premier lieu, en se rapprochant de la cible. Pour cela, ils avaient fait le choix d'envoyer deux fouineurs de premier ordre qui avaient commencé à tisser leur toile. Cameron et Samantha n'étaient pas là par hasard, Benjamin se répétait l'assertion, même s'il doutait encore de sa validité. Il manquait encore de preuves et d'éléments tangibles, et puis le couple était si éloigné des standards du grand banditisme. Pas de cicatrices témoins, aucune violence apparente, c'était même tout le contraire, beaucoup de charme et de douceur émanaient de ce duo. Déjà, il n'était plus aussi sûr, mais il avait quand même la sensation assez nette que l'étau venait de se resserrer autour de lui.

Et si son idée était la bonne, retourner à l'usine dans ces conditions s'apparentait à une prise de risque inconsidérée. Cela signifiait quitter l'appartement neuf heures durant en laissant le butin sans protection, mais aussi s'abrutir de fatigue alors même que les forces lui manquaient déjà. Si son instinct lui recommandait de ne rien changer à ses habitudes, il le prévenait aussi contre le danger manifeste qui venait de frapper à sa porte. Il ne pouvait pas laisser l'appartement sans surveillance une journée complète. En deux temps trois mouvements, on aurait vite fait de fracturer la porte et de découvrir sa dérisoire cachette, il n'avait même pas pensé à changer de sac ! Un coup d'œil sous le lit et une simple génuflexion suffiraient pour emporter le magot. L'urgence commandait donc de trouver une cache plus sûre, mais cela ne réglerait qu'une partie du problème. Tôt ou tard, ce Cameron reviendrait le sonder, et mine de rien, il s'y entendait pour mener les interrogatoires. Ce n'est pas tant son talent qu'il redoutait que sa propre défaillance. Il possédait, bien malgré lui, ce que les autres recherchaient et finiraient par le trahir : cette hésitation dans le geste, une intonation parfois lézardée à l'évocation de certains termes, toutes ces nuances fébriles qui le désignaient coupable. Il ne pourrait pas donner le change très longtemps, surtout avec l'esprit embrumé par huit heures de labeur.

Les deux autres avaient un net avantage sur lui, ils ne faisaient rien de leur journée. Autant dire qu'ils seraient au pic de leur forme au moment d'entamer la partie de ping-pong verbal, à l'endroit et à l'instant qu'ils auraient choisi. Benjamin songea un instant à tout quitter, à emporter le sac et les trois millions d'euros et fuir loin de l'Ardèche. Il y avait toujours moyen de s'exiler dans le sud de la France, ou au nord peu importe. En changeant régulièrement de lieu, en multipliant les petites opérations de change, il pouvait bien tenir quelques mois en minimisant les risques. Malgré leur connaissance du milieu, ces types-là avaient-ils vraiment les moyens de le retrouver au fin fond du Périgord ou dans un village perdu des Côtes-d'Armor ? Il en doutait. D'ailleurs, si la France était un terrain de jeu trop dangereux, il pouvait aussi migrer en Italie ou en Espagne. C'était bon d'avoir un plan B qui tenait la route. Mais la perspective, déjà fragile, s'effondra aussi facilement qu'un château de cartes. Il faut dire qu'il avait oublié d'intégrer à son raisonnement une donnée essentielle : Tiffany. Ce changement de vie radical nécessitait l'abandon de l'enfant, ce qui était évidemment impensable. Sa faiblesse tenait là, dans cette attache viscérale qui le liait à sa fille. Autant renoncer tout de suite au butin s'il devait s'accompagner de ce déchirement. Cette somme devait lui servir à se rapprocher de Tiffany, et non l'inverse.

Benjamin continuait à tourner en rond dans l'appartement, passablement agité. Il avait conscience d'évoluer maintenant en équilibre sur un fil, le moindre faux pas pouvait entraîner sa chute. Pour passer l'obstacle, il allait avoir besoin de toutes ses facultés physiques et intellectuelles. Il fallait d'abord supprimer, au moins provisoirement, ce qui rognait au quotidien son énergie vitale et atténuait ses capacités de réaction. Il se revit, mâchoire crispée et muscles tendus, mener une lutte inégale contre les rotatives de l'usine et décida qu'il poserait, dès le lendemain, deux jours de RTT auprès de sa direction. Il tenait à garder en réserve l'option arrêt maladie, elle offrait davantage de perspectives mais la mise en place était plus contraignante. Si sa demande était acceptée, cela lui dégagerait déjà toute la fin de semaine. Il pourrait se reposer et surtout s'organiser face aux prochaines échéances. Une commandait déjà de trouver, et sans attendre, une nouvelle cachette pour le sac. Il fallait un endroit beaucoup plus difficile d'accès. Il n'avait ni les moyens ni le temps d'être très original. Les murs en pierre de l'appartement interdisaient tout creusement, il lui restait donc le sol ou le plafond. Le parquet vieilli du salon lui semblait être un terrain propice à la dissimulation. Il décida d'agir immédiatement. Muni d'un marteau, d'une pince et d'un tournevis, il entreprit de soulever la latte endommagée près de la fenêtre. L'opération fut relativement aisée, mais sous la planche abîmée, il découvrit une plaque en granito datant des années 80. Entre le vieux carrelage moucheté de vert et le parquet ancien, il n'y avait quasiment aucun espace. Il abandonna donc cette piste, replaça la latte fendue, et s'attaqua cette fois au lambris beige qui tapissait l'entrée principale. Ce fut moins évident, car les planches étaient imbriquées les unes aux autres. Il mit un bon quart d'heure à déceler le pan gauche du faux plafond qui s'abaissa d'un coup lorsqu'il eut retiré les deux renforts latéraux. En équilibre précaire, l'ensemble avait commencé à ployer sous son propre poids. Benjamin passa sa tête dans l'entrebâillement, il y avait presque dix centimètres entre le placoplâtre gangrené par la moisissure et ce qui était supposé masquer ses tares. En étant précautionneux, il y avait moyen de ventiler les liasses de billets dans l'interstice. Benjamin se dépêcha car le lambris piquait dangereusement du nez. Il fila récupérer le magot sous son lit et prit au passage un rouleau de sacs-poubelle sous l'évier. Il remplit la première poche avec une vingtaine de liasses et la fit ensuite glisser dans l'entrebâillement. Il réitéra plusieurs fois l'opération en veillant à bien repartir la masse pour éviter que la surface ne s'affaisse. Il termina avec le sac de sport allégé qu'il cala contre un pan du mur.

Au final, le faux plafond ne semblait pas trop souffrir de l'excès de poids.

Il restait à replacer les trois tasseaux et à revisser les derniers éléments de maintien. Quand ce fut fait, il vint se poster dans l'entrée et observa chaque recoin du lambris. Le travail était propre, en tout cas, il n'y avait aucune trace visible de l'opération. Pour terminer, il se fabriqua une petite alarme de fortune. Il découpa dans le couvercle transparent d'un pot de crème fraîche une languette rectangulaire de quelques centimètres, puis vérifia qu'elle tenait bien dans la jointure haute de la porte d'entrée. Ainsi, il pourrait savoir si quelqu'un avait cherché à s'introduire chez lui durant son absence. Basique mais efficace.

Il était plus de minuit, le temps avait véritablement filé entre ses doigts, le condamnant à une nuit raccourcie. Il ne lui restait que quelques heures de repos avant que l'alarme de son radio-réveil ne le rappelle à l'ordre. Il s'allongea sur son lit et écarta les bras. Il ressentait encore toute la tension qui logeait dans le creux de sa poitrine. Ce n'était pas facile de lâcher prise sur commande, le feu continuait à se consumer de l'intérieur, sa tête surtout était un vrai tambour. Il devait pourtant dormir un peu. Il le savait, un sommeil réparateur était un élément aussi vital qu'une bonne cachette pour le sac. Il hésita à se rendre à la salle de bains et à fouiller dans la trousse à pharmacie, mais il n'y avait de toute façon pas grand-chose pour se détendre, au mieux un anti-inflammatoire de type Advil pour décontracter les muscles, ce n'était pas avec cela qu'il allait filer au pays des songes. Il songea au pack de bières qui occupait le dernier rayon du nouveau frigo. Oser une Pelforth brune, à cette heure inhabituelle, cela pouvait l'aider un peu. Ou alors produire l'effet inverse, on ne savait jamais vraiment avec l'alcool.

Il écarta finalement ces pistes secondaires et tenta de prendre le contrôle de sa respiration, c'était encore la voie la plus naturelle pour parvenir à ses fins. Il refusa à son corps la possibilité de se retourner sur le côté et repoussa une à une toutes les idées qui se présentèrent à lui, bonnes ou mauvaises. Il appréhenda ces flux contraires avec la volonté de faire barrage. À force d'abnégation, il parvint à se créer mentalement une bulle protectrice qu'aucune pensée ne pouvait plus percer. Progressivement ses jambes se détendirent, le reste du corps ne tarda pas à suivre. Il n'avait pas bougé, il avait toujours les bras en croix et les yeux clos, mais pour une poignée de minutes au moins, il reprenait une forme de liberté.

5

Gormond devait l'accueillir dans son bureau pendant la pause déjeuner. À 11 h, Benjamin rejoignit donc la bâtisse réservée au personnel de la direction, elle était située à cent mètres des ateliers de production. C'était rare qu'il se rende seul dans ce bâtiment. La première fois, il était venu pour signer son contrat à durée indéterminée. Ce paraphe avait été capital dans l'obtention du crédit de l'appartement d'Aubenas, même s'il s'était juré de trouver rapidement un autre emploi, plus conforme à ses ambitions. À l'arrivée, cela faisait bientôt sept ans que le « provisoire » durait. Le même destin était en passe de rattraper Kevin. Lui qui avait prévu de ne pas passer l'hiver, venait de rempiler pour les quatre prochains mois, c'était déjà sa seconde prolongation. Benjamin se souvenait aussi qu'il était revenu dans ces locaux il y a deux ans pour une histoire de primes de Noël non réglées, puis lorsque le comptable avait fait une erreur dans le calcul de ses heures supplémentaires, l'été dernier. Finalement, c'était souvent pour les mêmes raisons que l'on traversait la petite cour.

Il se présenta à Marie, la secrétaire, qui lui demanda de patienter un instant parce que Monsieur Gormond était encore occupé. Là aussi l'histoire se répétait. Chacune de ses visites, même s'il était dans son bon droit, avait commencé ainsi, par dix bonnes minutes d'attente, comme un rituel immuable pour mieux rappeler la distribution des rôles. Aujourd'hui, Benjamin trouvait la situation plus cocasse. Certes, il était toujours en position de demandeur, ce matin c'était pour cette question de RTT, mais il se rappelait aussi qu'il avait chez lui de quoi racheter des pans entiers de l'usine et faire de Gormond son subalterne. L'idée était séduisante, même si pour le moment, la hiérarchie devait demeurer inchangée. Il patienta donc dans le hall, debout face aux peintures abstraites qui habillaient le mur. Il passait d'un cadre à l'autre sans trop comprendre les subtilités ni même la finalité de cet art abscons.

Quand la secrétaire l'invita à entrer, il repositionna le haut de sa blouse et se recoiffa, il tenait quand même à faire bonne impression. Le responsable de la production, installé derrière son bureau, l'accueillit poliment mais ne se leva pas de son siège. Il semblait considérer sa venue comme un épiphénomène dans sa matinée bien chargée. C'était d'ailleurs le cas, et Gormond était assez habile pour vous le faire sentir. Sans perdre de temps, il l'interrogea sur l'objet de sa venue.

— Je voudrais poser deux jours de RTT, répondit Benjamin.

— Pourquoi vous n'avez pas vu cela avec Francis ?

— À cause du délai. Je voudrais prendre jeudi et vendredi.

— Deux jours consécutifs ?

— Oui

— Cette semaine ?

— Oui. C'est pour cela que Francis m'a demandé de passer directement à votre bureau.

— Vous savez que normalement, il y a sept jours de prévenance. Au minimum.

— Je sais bien.

Gormond se pencha sur sa chaise, saisit un dossier beige et tourna quelques feuillets, sans doute à la recherche des projections de production. Il n'avait pas vraiment levé les yeux vers Benjamin, encore moins interrogé sur les motifs de cette demande soudaine. En bon gestionnaire, sa première pensée avait été pour les chiffres et la concordance des dates.

— Je veux bien vous arranger. Pour cette fois… précisa Gormond. Vous êtes toujours volontaire pour les deux jours fériés ?
— Oui oui, répondit Benjamin, un peu contraint.
— Vous voyez, c'est donnant-donnant. À un moment ou à un autre, on a tous besoin d'un petit coup de main. C'est dans l'intérêt de tout le monde de parvenir à s'entendre. Dites à Francis qu'on vous accorde jeudi et vendredi. Dites-lui également qu'il faudra prévoir une unité supplémentaire pour l'équipe de nuit.

Benjamin fixa la fenêtre qui donnait sur la cour ensoleillée. C'est peu dire qu'il n'avait pas goûté la petite démonstration sur les bienfaits de l'allégeance ni le ton condescendant avec laquelle elle lui avait été administrée. Il ressentait une profonde aversion pour cet endroit, la hiérarchie en place, et plus encore pour l'homme qui lui faisait face.

— Allez, reprit le directeur. Je vous laisse repartir.

Pour un peu, il aurait agité la main, comme on le fait pour se débarrasser d'une mouche agaçante. Benjamin se leva lentement. Il observa une dernière fois la tête de Gormond qui était déjà passé à autre chose, et il se promit de ne plus jamais se retrouver de ce côté du bureau.

Il comprit également à cet instant qu'il ne pourrait pas revenir en arrière, poursuivre sa vie d'avant. Les liasses accumulées dans le sac avaient fait leur œuvre. En quelques jours à peine, elles lui avaient dessiné d'autres perspectives et rappelé combien les siennes avaient été médiocres. Heureusement, il n'aurait plus à revenir ici, avec les mêmes petites demandes minables et la crainte infantile de les voir balayer d'un simple revers de main. Mais il hésitait encore à tourner les talons, terminer de cette façon, tout de même… C'était une question d'honneur, il ne pouvait pas quitter cette pièce comme un vulgaire parasite, il avait besoin d'une marque de déférence, n'importe laquelle, être raccompagné à la porte par exemple. Ce n'était pas grand-chose, et le directeur l'aurait sûrement fait pour n'importe quel partenaire économique influent, alors pourquoi pas pour celui qui venait de passer sept ans à son service. Benjamin se positionna devant le bureau et fit mine d'attendre son interlocuteur. L'intermède dura quelques secondes avant que Gormond ne remarque son surplace.

— À bientôt ! fit-il sèchement, après avoir relevé la tête.

Mais la mouche, qui s'était posée à quelques mètres de lui, ne semblait pas vraiment pressée de s'envoler. Elle continuait à lui sourire et à soutenir son regard, la jeune inconsciente. Le directeur commença à tapoter du doigt sur la table, on devinait les premiers signes d'impatience. Il devait se demander s'il n'était pas tombé sur un imbécile qui ne comprenait rien aux codes. Ne sachant pas comment formuler autrement cette demande, pourtant simple et raisonnable, de dégager rapidement de son bureau, finalement il se leva, pas pour la bienséance mais pour accélérer les choses. C'est qu'il n'avait pas que ça à faire ce matin. Benjamin effectua alors deux pas en direction de la porte, mais très lentement, assez pour lui laisser le temps de revenir à sa hauteur.

— Allez, au revoir ! dit Gormond, passablement irrité.

C'est alors que la main de Benjamin se tendit dans sa direction, elle portait plusieurs marques de coupure au niveau des phalanges. Le directeur, surpris, eut un petit mouvement de recul. Il considéra la peau abîmée et lézardée, mais surtout le visage illuminé de ce quasi-inconnu, un homme qu'il avait dû apercevoir une dizaine de fois depuis sa prise de fonction. À la lueur inquiétante de ses yeux, il comprit qu'il n'y couperait pas, et avec un certain dégoût, finit par saisir le membre pour avoir la paix. Mais Benjamin ne se contenta pas d'accueillir l'offrande, il secoua énergiquement la main molle qu'on lui présentait. Il avait envie de jouer, un peu à la manière de ce Cameron. Il laissa filer quelques secondes sans desserrer l'étreinte, puis, en complet décalage, s'exclama tout guilleret :

— Bonne journée à vous !

Gormond offrit un maigre rictus en guise de réponse et tenta de retirer son avant-bras qui continuait ses va-et-vient énergiques entre sol et plafond, entraîné par un excentrique qui devait forcément ignorer qui il était, ce n'était pas possible autrement. Benjamin, tout sourire, attendait patiemment que le directeur se décide, il prenait tout de même de sacrés risques. Celui-ci n'avait pas l'habitude qu'on lui dicte sa conduite, d'ailleurs il fulminait à l'intérieur, mais il ne voyait pas comment faire pour se dépêtrer de la situation. On n'inflige tout de même pas un blâme à un employé pour quelques salutations appuyées. Il finit par se résoudre à prononcer la phrase libératrice.

— Bonne journée à vous aussi, murmura-t-il, en serrant les dents.

Benjamin jubilait, la victoire finale ne faisait plus aucun doute. Gormond l'avait raccompagné à la porte et lui avait rendu sa poignée de main. Il avait même fini par un souhait de circonstance alors qu'il n'en pensait pas un mot. Une simple posture et un peu de détermination avaient permis ce tour de force. Vainqueur par KO, Benjamin quitta la pièce sans un regard pour son adversaire. Il passa ensuite devant la secrétaire d'un pas triomphant, mais sans prononcer un mot, il ne pouvait tout de même pas s'occuper de tout le monde ce matin. Il revint à l'atelier juste avant que ne reprenne le travail.

— Alors ? demanda Francis. C'est bon ?
— Oui. Tout est arrangé, parada Benjamin.

Un peu avant cet épisode glorieux, alors qu'il bataillait encore contre les cadences imposées, il s'était interrogé sur la nécessité de rejoindre la place du village en fin de journée. Il était bien conscient des risques qu'il prenait à se frotter ainsi aux deux entités nébuleuses qui avaient pris place dans son petit univers. Il était évident que Cameron chercherait à se rapprocher, il le ferait à sa façon, en multipliant les sourires de façade et les pas de côté. Il n'avait pas encore eu l'occasion de parler à Samantha, mais il devait aussi s'en méfier. Il avait vu la manière dont les hommes la regardaient, et la facilité avec laquelle elle les entortillait au bout de son regard. Même prévenu, il n'était pas à l'abri d'un faux pas. Il devrait aussi se tenir à l'écart de l'alcool qui pouvait amoindrir ses défenses et perturber sa vigilance. Évidemment, il avait envisagé l'autre option, plus rassurante, qui commandait de rester sagement à l'appartement en attendant que les choses se tassent. Par calcul et par crainte, cette solution avait même été un temps privilégiée, avant qu'il ne revienne à des considérations plus cartésiennes. Parce qu'éviter le contact, de manière franche et délibérée, c'était reconnaître qu'il y avait un problème, et les deux nouveaux arrivants, aux antennes bien orientées, ne manqueraient pas de cibler le malaise. Il valait mieux continuer à faire semblant, en espérant ne pas croiser trop souvent leur chemin. Il se dit aussi, pour se rassurer, que tout cela était peut-être le fruit de son esprit perturbé. En d'autres temps, il aurait trouvé formidable que ce jeune couple, dynamique et prévenant, s'installe dans le haut du village. Et jamais il n'aurait laissé Cameron poireauter sur le perron comme il l'avait fait hier soir. Celui-ci serait rentré partager avec lui une bière dans le salon, c'est comme cela que ça se passait ici. Benjamin était encore prêt à y croire, si Cameron ne lui reparlait pas de l'épisode Darty, du frigo, ou de ces portables hors de prix, s'il passait enfin à autre chose, alors peut-être qu'il reconsidérerait l'affaire.

À 18 heures, armé de ses bonnes résolutions, il choisit donc de remonter sur la place. La tension de la journée était retombée, sa courte période d'euphorie également. Dans la glace de la salle de bains, il observa sa figure poupine et ses joues de castor qu'on avait envie d'empoigner à deux mains. « Mais quel idiot » se dit-il en repensant à la démarche hautaine et ridicule qu'il avait adoptée en sortant du bureau de Gormond. Idiot et inconscient. Qu'est-ce qu'il lui avait pris d'agir de la sorte ? Pour quel résultat au final ? Cet écart de conduite, alors même qu'il devait se faire discret, ne passerait sans doute pas inaperçu du côté de la direction. Il restait à espérer que cela ne franchisse pas les murs du bâtiment. Il devait apprendre à mieux se maîtriser et surtout continuer à paraître inoffensif. Dans la salle de bains, il s'astreignait d'ailleurs à cette métamorphose, comme pour réparer l'inutile coup d'éclat. Il avait passé un long sweat noir à capuche auquel il manquait le cordon et dont le flocage était en voie de décomposition. Il avait également choisi un bas de jogging dans la même veine, bien trop large au niveau des cuisses et d'un gris déprimant. La paire de baskets, trouée en deux endroits, complétait le casting. Il en faisait peut-être un peu trop, mais dans un monde où les codes vestimentaires avaient un rôle à jouer, comment croire qu'un type pareil puisse tirer son épingle du jeu ?

Redevenu simple quidam, il monta la rue au pas de course, bien décidé cette fois à se fondre dans la masse.

Il retrouva sur la place un tableau qu'il connaissait bien. Il repéra vite Cameron au milieu de ses amis boulistes, il paraissait à l'aise comme un poisson dans l'eau. Sa femme, Samantha, venait à l'instant de prendre la direction du bar. Benjamin soigna son entrée en scène, sans se presser ni ralentir, il se dirigea vers le terrain de jeu, puis arrivé à la hauteur du groupe, sa voix claire porta un salut général auquel tout le monde répondit. Il s'assit sur le banc en essayant de se focaliser sur la partie en cours, pas question de dévisager les joueurs, et un en particulier. Ce ne fut pas évident car Cameron multiplia les tirs de classe, et par deux fois, il fit remporter le point à son équipe alors que la situation semblait désespérée. À ces occasions, Benjamin croisa furtivement son regard, sans noter d'inflexions particulières. Samantha revint quelques minutes plus tard avec un plateau chargé de boissons. Elle le déposa sur une table en bois rapportée du bar. Après la dernière mène, chacun s'approcha pour prendre sa commande, en remerciant la belle pour ce service quatre étoiles. André, une choppe de bière à la main, lui fit un nouveau compliment, centré cette fois sur ses capacités à joliment occuper les intermèdes. À chaque fois qu'on la flattait, elle avait ce petit sourire en coin, mais derrière la fausse gêne, on pouvait déceler une certaine malice. Discrètement, Benjamin jeta un œil à Cameron qui ne semblait pas s'émouvoir de la petite cour qui s'était formée autour de sa femme. Les hommes évidemment se retenaient de tomber dans le graveleux, mais on sentait bien tout de même que cette pente était naturelle. Comment son mari pouvait-il demeurer impassible ?

Benjamin commençait à douter de la réalité de leur couple. D'autres éléments troublants venaient renforcer cette impression. Pas une fois par exemple il n'avait vu les deux prétendus tourtereaux s'embrasser, même pour un petit baiser de circonstance. De mémoire, il n'avait pas vu non plus Cameron lui prendre durablement la main, ni Samantha se blottir dans ses bras. Leur relation restait très platonique. S'il avait eu une femme comme celle-là, lui l'aurait certainement mise sous cloche, pas pour la priver, mais pour protéger leur union. Cameron, au contraire, l'amenait sur le terrain de boules et lui permettait d'exhiber ses formes assumées à une faune dont la libido était atrophiée par des années de vie maritale.

Perdu dans ses réflexions, il ne s'était pas aperçu que Samantha venait de se tourner dans sa direction. Et il mit un certain temps à réaliser qu'elle avançait maintenant vers son banc. Alors que la partie allait reprendre, elle se campa face à lui, et sans complexe, planta son regard dans le sien. C'était une chose d'analyser de loin le danger, une autre affaire d'y être confronté. Ce fut chimique. Il n'y avait plus rien de rationnel en sa présence. Immédiatement, il se sentit envahi par un trouble étrange, né de la rencontre physique et du désir subit de la prolonger. Dans un réflexe presque animal, il éprouva le besoin irrépressible de plaire, et comme l'avaient fait avant lui tous les hommes de la place, il commença par sourire un peu niaisement pour tenter de l'apprivoiser. Ainsi ferré, il épousa chacun des gestes de la belle, son pas de dégagement sur le côté, son avant-bras tendu en direction de la table ronde, et sa légère inclinaison de la nuque.

— Tu veux boire quelque chose ? demanda-t-elle en désignant le plateau garni de verres vides.

— Non merci, répondit-il en rougissant un peu.

— Allons, tu vas me vexer, c'est mon anniversaire aujourd'hui !

Benjamin balbutia quelque chose d'inaudible. Elle fit mine de tendre l'oreille et approcha son visage du sien. Il perçut distinctement son parfum aux notes fleuries.

— Un diabolo fraise alors, fit-il en reculant un peu.

— Un diabolo, ouh c'est la fête ! ironisa Samantha. Tu es sûr que tu ne veux pas quelque chose d'un peu plus « fort » ?

Elle observait de manière attentive celui qui se tortillait sur le banc. C'était un des plus jeunes mâles de la place, mais il paraissait bien inoffensif. Elle remarqua son sur-vêtement difforme, les kilos superflus qui garnissaient ses flancs et ses joues de nourrisson. On aurait dit un gentil panda, rien de comparable avec les oiseaux de nuit qu'elle avait appris à fréquenter depuis qu'elle était sor-tie de l'enfance. Elle ressentait pourtant son trouble, elle avait une certaine habitude de ces choses-là, mais celui-ci était plutôt du genre bombe à retardement. Sexualité en pointillés sans doute, voire carrément inexistante, il suffisait de constater la déliquescence de sa garde-robe pour comprendre qu'il avait depuis longtemps abandon-né le processus de séduction.

Mal à l'aise, Benjamin se sentait sur le grill et aurait aimé qu'elle reparte maintenant vers le terrain de boules, mais elle était comme Cameron, elle ne lâchait sa proie que lorsqu'elle l'avait décidé. Il tenta timidement de reprendre la main.

— Le diabolo fraise, c'est ma boisson préférée. Et au fait, bon anniversaire.

— Merci ! On se fait la bise alors ? Tout le monde y est passé ce soir…

Elle se pencha vers lui et l'embrassa sur la joue. Il n'eut pas le temps d'esquiver, encore moins l'envie. Il avait déjà identifié le parfum printanier, il découvrit le grain délicat de sa peau de pêche, et avec le « smac » retentissant sous la légère pression de ses lèvres, le trouble qui le consumait et menaçait ses défenses naturelles, doubla subitement de volume. En se redressant, elle considéra la rougeur qui s'était installée sur tout le visage du garçon, décidément facile à troubler. Elle décida alors de le laisser tranquille, elle ne voulait pas brusquer les choses.

— Allez, je reviens tout de suite. Fraise, c'est ça ?

Benjamin hocha la tête, soulagé de la voir s'éloigner un peu, car cette menace n'était pas qu'une vue de l'esprit. Dès que Samantha fut entrée dans le bar, il quitta le banc et se rapprocha du terrain de jeu, il voulait à tout prix éviter un nouveau tête-à-tête gênant. Est-ce que les autres joueurs avaient prêté attention à leur court échange ? Il n'en avait pas la moindre idée. Il aurait aimé jeter discrètement un œil à Cameron, savoir s'il avait suivi la chose, mais il aurait fallu pour cela plus de discernement dans l'action.
Samantha revint quelques minutes plus tard avec un nouveau plateau chargé de boissons multicolores, la plupart étaient alcoolisés. Elle avait remis une tournée, et pour la peine, André ordonna l'arrêt provisoire de la partie. Tout le monde se trouva bientôt réuni autour de la petite table. La belle était encore une fois au centre de toutes les attentions. En son honneur, le doyen improvisa même un petit chant d'anniversaire que tous les joueurs reprirent joyeusement en chœur. L'ambiance était bon enfant. Cameron s'avança vers sa femme et lui donna un baiser

sur le front. Sans l'enlacer complètement, il passa également un bras autour de sa taille. Son diabolo fraise à la main, Benjamin demeurait un spectateur attentif de leur rapprochement. Décidément très en verve, André en profita pour annoncer que la prochaine tournée serait pour lui, il eut droit en retour à une nouvelle ovation. C'est à cet instant que Louka apparut au fond de la place. Benjamin observa sa progression vacillante sur fond de ciel orangé. La paire de boules qu'il tenait semblait déjà peser bien lourd.

Mais où trouvait-il l'occasion de boire ainsi ? Chez lui ? Dans son travail ?

Ce qui était certain, c'est qu'il ne refusait jamais un verre, et ici, surtout depuis l'arrivée du nouveau couple, ce n'était pas l'offre qui manquait. Près du petit attroupement, il poussa un cri qui ressemblait davantage à un grognement qu'à un salut, mais personne ne releva. On lui fit une place dans le cercle. Les gars du village avaient l'habitude. Louka faisait partie des leurs, malgré son caractère de cochon et ses habitudes de soiffard. Ils avaient appris à le pratiquer, mais Benjamin continuait à s'en méfier, surtout lorsqu'il avait bu. C'est vrai qu'il n'avait pas avec lui la même comptabilité.

Discrètement, il termina son diabolo fraise et se décala sur la gauche, il voulait éviter son contact. Il resta néanmoins assister à la fin de la partie. Elle dura une dizaine de minutes, le temps pour Cameron de faire admirer ses qualités de tireur, et pour Louka, impatient de rentrer en jeu, de critiquer les choix hasardeux de ses futurs partenaires. Puis il jugea que c'en était assez et choisit de s'éclipser lorsque André, bien parti lui aussi, annonça la tournée suivante. Avant de quitter la place, il se retourna une dernière fois, il eut le temps d'apercevoir la silhouette de Samantha se rapprocher de Louka. On ne voyait pas si l'autre souriait, mais on devinait à sa posture la bête assurance du mâle dominant. Quand elle se pencha pour lui faire la bise, Benjamin, songeant aux forts relents d'alcool, éprouva pour elle un peu de compassion, mais aussi, il faut bien l'avouer, une petite pointe de jalousie.

Cet agacement le poursuivit jusqu'aux portes de son appartement où il s'autorisa une bière avant de laisser filer les premières heures de la soirée. Il s'en voulait de ne pas être plus hermétique au charme de la belle Samantha. Il était pourtant prévenu du danger, mais sa défaillance dépassait le simple cadre de leur échange, cela faisait trop longtemps qu'il vivait seul et il avait perdu l'habitude de ces jeux de séduction. Il avait laissé s'installer les kilos et les doutes dans sa vie de célibataire et se trouvait à présent bien lourd et emprunté, même pour prendre la fuite.

Il s'exila dans la chambre de Tiffany, reprit le cadre photo qui contenait son visage rond et son corps en surpoids. Il repensa à ses rencontres passées, aux femmes qu'il avait connues, aux caresses qu'il ne recevait plus, à cette sensibilité tombée en jachère. Les seules marques d'affection qu'on lui prodiguait émanaient des minuscules mains d'une petite fille qui le reconnaissait comme père. Parfois elles lui tenaient le bras, souvent elles s'agrippaient à son cou. Benjamin en éprouva de la peine. Tiffany ressentait-elle aussi ce déséquilibre patent ? Elle était sans doute encore trop jeune pour le formuler, mais une présence féminine entre ces quatre murs l'aurait sans doute délesté d'un poids. Il repensa à ces signes qui avaient fini par l'alerter : le sourire tout terrain de sa fille, ces manifestations de joie parfois excessives, ces frustrations qu'elle savait dissimuler sous un rictus de circonstance. Certains pédopsychiatres auraient sans doute parlé de compensation ou d'inversion des rôles. Benjamin ne voyait pas si loin, il aurait juste voulu que sa fille fasse de temps à autre un gros caprice ou une véritable colère, qu'ils aient l'occasion de s'opposer au moins une fois, comme dans la vraie vie, même si c'est vrai, depuis la séparation, lui aussi s'était rangé d'une partie de l'existence.

Il dormit peu cette nuit-là, quelques minutes à peine, et le lendemain matin, lorsque Francis le plaça d'emblée en bout de chaîne, Benjamin vit arriver les premiers cartons d'un œil mauvais. Il se surprit même à en maltraiter quelques-uns lorsque le débit se fit plus rapide, quelques tapes administrées avec la paume de la main, juste pour le plaisir de frapper. Évidemment, ces menues rébellions étaient complètement inutiles, et la tâche se transforma rapidement en corvée humiliante. Un œil sur l'horloge, l'autre sur l'extrémité de ses doigts irrités par les frotte-ments répétés, il se mit à en vouloir à la Terre entière. Et dans cette opération de dénigrement, il commença par s'attaquer aux hommes. Francis devint vite le collabo de la direction, infâme traite de la condition ouvrière qui s'entêtait à lui refiler les postes les plus ingrats. Pour dégager ces satanés cartons qui dévalaient inlassable-ment la colline métallique, l'équité aurait voulu qu'on installe un autre Sisyphe à sa place. Mais Kévin, pauvre bichon, ne tenait pas la cadence. Il avait déjà fait arrêter plusieurs fois la production, provoquant l'embarras de tous, sauf le sien curieusement. À y regarder de plus près, on pouvait même dire que cela lui avait dégagé de belles plages de repos. Benjamin regarda une fois encore les deux grandes aiguilles noires qui le narguaient, elles lui rappelaient qui était l'asservi ici-bas. Puisque Kevin était un incompétent notoire, ou un gros malin c'était à voir, Germain aurait tout aussi bien pu faire l'affaire. Parce qu'en guise de dominé, il se posait là avec ces trente ans de service. Trois décennies entières à se sou-mettre aux desiderata de sa direction, à nettoyer des cuves, filmer des palettes, et dégager des colis en bout de chaîne, alors pour lui cela n'aurait pas changé grand-chose de s'installer durablement derrière la rotative. Une génuflexion de plus ou de moins n'allait pas changer la face de sa médiocre existence. Benjamin se sentait fondamentalement injuste, mais la colère était le seul moyen qu'il avait trouvé pour tenir le coup.

Il parvint à terminer son service sur ce mode revanchard, mais ce n'était pas une victoire, juste une affliction supplémentaire. Il revint à des considérations plus humaines au moment du repas. Dans la petite salle de repos, une fois la tension évacuée, la vie reprit de meilleures colorations. Kevin, sous ses petits airs perchés, restait un gentil rigolo, et ce n'était pas un luxe pour fluidifier le temps mécanique de l'usine. Germain, avec sa vieille gamelle aussi striée que son visage, ne faisait pas tant de manières pour un ancien, et sa gentillesse était peut-être la meilleure des réponses à l'empreinte de trente années de labeur. Quant à Francis, il restait tout de même très abordable pour un bras armé de la direction. Benjamin en vint à reconsidérer le visage de son vrai ennemi.

Le véritable fléau n'avait pas forme humaine, il était implacable et ne connaissait pas le doute. C'étaient bien ces cadences robotisées qui maltraitaient son corps et son esprit. Rémunérées 8 euros de l'heure, c'étaient elles également qui insultaient son intelligence et rognaient sa vitalité. Bien sûr, il y aurait toujours derrière toute cette machinerie industrielle, un Gormond pour lui expliquer qu'il avait de la chance d'occuper cette place. Parce qu'aujourd'hui, le C.D.I. était devenu une denrée précieuse, un sésame pour entrer dans la vie marchande, et même synonyme de sueur et d'aliénation, certains étaient prêts à jouer des coudes pour l'obtenir. En son temps, Benjamin avait fait partie du lot.

Il termina finalement sa matinée près des cuves où il mania le Karcher avec plus de fantaisie que d'habitude. Curieusement, on le laissa tranquille, comme si on avait perçu sa mutation. Il réussit à tenir en se raccrochant aux deux jours de RTT qui précéderaient le week-end, ces quatre journées vaquées seraient sa petite oasis. Mais en quittant l'usine, il eut un vrai moment de panique en songeant aux semaines à venir. Comment allait-il faire pour résister deux mois encore, prisonnier de ce bâtiment et de ces injonctions ridicules ? Il n'avait pas pensé que cela puisse constituer une telle épreuve après sept années d'honnête et loyale pratique, mais c'était comme si tout son être venait de se réveiller, avec en point de mire la fin d'un tunnel dont il avait enfin conscience.

De retour à l'appartement, il s'assura que la petite bande plastique intercalée dans la glissière de la porte n'avait pas bougé. Depuis le passage de Cameron, il redoutait une nouvelle visite, plus intrusive. Mais la languette translucide, quasiment indétectable, était bien à sa place, calée dans la feutrine, preuve que personne n'avait cherché à forcer le passage. Il traîna dans le salon une partie de l'après-midi, s'efforçant d'évacuer les dernières rancœurs liées à sa matinée de travail.

Un autre rendez-vous l'attendait, autrement plus important, en début de soirée. Mais comme chaque fois au moment de rejoindre la place, une à deux heures avant la montée fatidique, des flux contradictoires s'affrontaient. C'était toujours la même histoire. D'un côté, il redoutait la présence de Cameron et de Samantha, aussi dangereux et pernicieux qu'un duo de serpents à sonnettes. De l'autre, il craignait le bavardage des boulistes, habitués à sa présence. Car même s'il jouait rarement avec eux, Benjamin faisait un peu partie du paysage, au même titre que la fontaine en granit rose ou le bar de Michel. S'il n'avait pas fréquenté aussi assidûment l'endroit au cours des dernières années, ses venues en pointillés seraient sans doute passées inaperçues. Mais là, au détour d'une conversation, il en trouverait toujours un pour s'étonner ouvertement de son absence, ou un autre pour faire remarquer qu'on ne le voyait plus trop ces derniers temps. On parlait facilement de tout et de rien autour de la petite place. Pour éviter ce genre de digressions, il devait continuer à assurer une présence minimale, car en ce moment, c'étaient des mots et des interrogations à ne pas placer dans toutes les oreilles. Cela ne l'empêchait pas d'espérer retrouver de temps à autre un terrain dégagé, il y aurait quand même bien un jour où Cameron et Samantha iraient voir ailleurs !

Avant de refermer la porte de l'appartement, Benjamin positionna le petit morceau de plastique souple en haut de la glissière, c'était devenu le second point de sécurité de sa serrure. Il remonta ensuite la rue sur une centaine de mètres et retrouva l'enceinte circulaire où un petit attroupement s'était formé autour du banc principal, un peu comme le soir où Cameron avait présenté ses modèles de téléphone aux habitants du village. Benjamin aperçut au loin les boules en acier dispersées sur le terrain de jeu. Intrigué, et déjà un peu méfiant, il rejoignit les hommes réunis en grappe autour de Samantha. Personne n'avait osé prendre place à ses côtés sur le banc. Assise en tailleur et menton relevé vers les mâles agglutinés autour d'elle, elle avait revêtu un short de sport bleu ciel, genre mini, et un haut de corps anti-transpiration moulant qui, paradoxalement, favorisait plutôt la sudation de ses partenaires. On pouvait ainsi admirer ses cuisses rosies et ses épaules dénudées en toute innocence. Mais ce n'était pas pour cette raison que la partie n'avait pas encore débuté. Les joueurs attendaient depuis dix minutes l'arrivée de Louka, et n'en déplaise à la belle joggeuse, objet de bien des attentions, certains anciens s'impatientaient un peu. André faisait partie du lot, et il vint rapidement à la rencontre de Benjamin.

— Dis garçon, Louka est en retard. Il devrait arriver d'ici vingt minutes. Cela t'embêterait de faire la première partie avec nous ? Ça nous permettrait de commencer en faisant jouer tout le monde.

Tous les yeux se tournèrent alors vers le nouvel arrivant qui n'avait pas encore eu le temps de dire un mot. Benjamin se dit que l'occasion était belle de s'inscrire dans le paysage. Ce n'est pas qu'il espérait faire des étincelles dans le jeu, mais il tenait à sa théorie : quelqu'un venant de découvrir trois millions d'euros irait-il vraiment disputer une partie de pétanque, un mercredi soir, avec des baskets trouées et une tenue défraîchie, sur la place anonyme d'un petit village ardéchois ? En guise de fausse piste, ce n'était pas si mal. D'ailleurs, Cameron, resté à l'écart, ne paraissait plus si soupçonneux, c'est à peine s'il avait remarqué sa présence, il continuait à discuter tranquillement avec deux autres joueurs.

— Et pour mon affaire ? Vraiment personne ? interrogea Samantha, ramenant l'attention vers elle.

Tous les gars fixèrent le bout de leurs chaussures sans oser lever la tête. Rapidement le silence se fit.

— Bande de planqués ! lâcha-t-elle, en mimant l'indignation.
— Écoute, fit André, ce n'est pas qu'on se dégonfle, mais tu ne trouveras personne ici pour courir régulièrement. Au village, le sport principal, c'est la pétanque. Pourquoi tu ne demandes pas à ton mari ?
— Lui ? Il a la vaillance d'une étoile de mer. Dès que ça grimpe un peu, il s'immobilise et ne peut plus bouger.

On rit aux éclats, surtout Cameron qui en remit une couche.

— Même en descente, je la ralentis. C'est définitivement

pas mon truc. Si vous connaissez quelqu'un pour l'accompagner, faites-nous signe, parce que je ne suis vraiment pas tranquille de la voir partir seule.

Benjamin, qui venait de saisir les deux boules tendues par André, fit de son mieux pour se faire oublier. Est-ce que quelqu'un se rappelait qu'il courait régulièrement ? Possible, même si la plupart des gars logeaient dans le haut du village. Fort heureusement, personne à cet instant ne mentionna son nom. L'idée de recruter parmi les hommes de la place était curieuse tout de même, il fallait s'attendre à quelques défections. Déjà parce qu'André disait vrai, aucun d'eux ne pratiquait la course à pied, mais aussi parce qu'ils étaient tous en couple depuis plusieurs années. Or, c'était une chose de lorgner chaque soir les formes de la jolie Samantha, jambes croisées sur le banc, une autre de l'accompagner gambader en rase campagne. Personne n'avait vraiment envie d'évoquer le sujet avec sa douce moitié. Les rares célibataires du village auraient pu faire un effort, mais ils étaient peu nombreux autour du terrain et ils se seraient immédiatement fait moquer pour leur attrait soudain de la discipline.
André aiguilla Samantha vers le club de randonnée, toujours opérationnel dans l'intercommunalité.

— Merci. Je me suis déjà inscrit, répondit-elle. Première sortie samedi. Et Cameron va même m'accompagner.
— Oui, attends, il faut…
— Si ! Cela te fera du bien !

Les hommes rirent volontiers, un poil crispés cependant, parce qu'à la vérité ils auraient bien aimé suivre, eux aussi, les pas de la jolie gazelle. Cela faisait tout de même un chouette point de vue sur plusieurs kilomètres. Benjamin y songea également, preuve que l'esprit de la randonnée était bien universel.
Lorsque Cameron suggéra de revenir au terrain, per-

sonne ne trouva à redire. Il était temps pour tout le monde de passer à autre chose. On tira les équipes, et Benjamin se retrouva avec André, Cameron et Jerôme, autant dire le gratin du plateau.

Il ouvrit le jeu avec une première boule trop à gauche, mais pas si éloigné du cochonnet. Elle garda la main deux tours avant que Christophe ne la dégage du jeu. On jouait plutôt sérieusement ce soir, c'était souvent le cas lors des premières mènes. Cameron lui glissait de temps à autre un mot d'encouragement ou un conseil sur une trajectoire à tenir. André était là également pour l'épauler, même s'il n'y avait pas grand danger. Son équipe ne connut qu'une seule vraie alerte, ce fut en début de partie. Il leur restait alors une boule à jouer et l'équipe adverse tenait le score avec la possibilité d'inscrire trois nouveaux points. Ils n'avaient pourtant pas l'air de trop y croire. Ils faisaient bien. Sur le dernier tir, Cameron, pourtant sous pression, réalisa un carreau magistral qui leur permit de reprendre la main, de quoi définitivement dégoûter des adversaires résignés. Le point victorieux de cette rencontre fut finalement inscrit par André, d'un tir plombé bien senti. Au-delà du résultat final, un 13 à 4 sans discussion possible, Benjamin apprécia la compagnie du trio amical. Protégé par le talent et la bienveillance de ses partenaires, il avait pris goût à l'intermède, lequel allait d'ailleurs bientôt se terminer. Dans un timing presque parfait, la silhouette de Louka pointa à l'horizon, avec les vingt minutes de retard prévues. Avant que l'autre ne débarque sur le terrain de jeu, Benjamin rendit les boules à André et retourna s'asseoir sur le banc provisoirement déserté par Samantha. Il était plutôt satisfait. Il s'était montré à son avantage durant cet intérim : disponible, souriant et naturel, de quoi rassurer son petit monde. Au moins ce soir, il n'était pas venu pour rien. Il pouvait même rester observer la partie suivante si bon lui semblait.

Il hésitait malgré tout car Louka avait quand même l'air bien éméché. Cela ne se voyait pas immédiatement parce qu'il avait développé de solides capacités de rétention, et son jeu comme son attention n'en souffraient pas trop, mais il y avait des signes qui ne trompaient pas : cette propension à se mettre en avant, son débit saccadé, sa perte totale d'inhibition, toutes ces inclinaisons qui creusaient davantage le sillon d'une personnalité déjà controversée. Ce spectacle lui était pénible, il le subissait depuis trop d'années, mais à cet instant de la soirée, il se sentait encore en position de force, fier de son relais efficace dans l'équipe d'André, soulagé surtout que Cameron n'ait pas profité de ce rapprochement pour venir le sonder.

Il choisit donc de rester, spectateur privilégié de la nouvelle partie qui allait débuter. Samantha était revenue du bar et se tenait à sa droite, à distance raisonnable tout de même. Il se dit que si l'autre pouvait manquer ses premiers coups, on en viendrait peut-être à regretter son jeu sobre et minimaliste, et la soirée serait définitivement réussie. Son premier vœu fut exaucé. Peu inspiré, Louka rata complètement son entame, une approche beaucoup trop longue qui laissa le champ libre à l'équipe adverse. André profita de l'aubaine pour se positionner plein axe à quelques centimètres du cochonnet, mais dans la foulée, Cameron reprit le point d'un maître coup. Dommage. Louka avait de la chance, avec ce gars-là dans son équipe, il ne pouvait pas perdre. Il maugréait tout de même à intervalles réguliers, sans que personne ne sache pourquoi.

À mi-partie, Samantha se rendit au bar pour approvisionner tous les joueurs en boisson, c'était presque devenu un rituel. Elle ne prit même pas la peine de les interroger, du demi-pêche de Christophe au double whisky de la figure notoire, elle connaissait déjà les préférences de chacun. Lorsqu'elle déposa le plateau sur la table ronde,

Benjamin hésita à se joindre à eux, il redoutait ces phases de regroupement, car on ne savait jamais quel sujet allait s'inviter dans la conversation. Mais il était trop tard pour s'éclipser. La partie venait de s'interrompre et les joueurs, d'un même pas, se dirigèrent naturellement vers le lieu de libation. Chacun se servit à tour de rôle, et il ne resta bientôt plus qu'un diabolo fraise sur la desserte. Samantha, d'un geste de la main, invita Benjamin à se rapprocher. Elle lui tendit le verre avec un sourire charmeur. Gêné, il vint porter le toast avec les autres. Les hommes avaient l'air heureux, un peu de jeu, un peu d'alcool, plus le retour des beaux jours, cela suffisait à leur bonheur. Samantha en profita pour relancer son monde sur ses subites envies de course à pied. Ce faisant, elle rompit le silence, pourtant sacré, de la première gorgée.

— Alors les gars, toujours pas décidés à m'accompagner ?

Les gars en question ne répondirent pas, ou mollement. Elle en faisait un peu trop, et puis ils étaient passés à autre chose.

— Et toi Louka, pas coureur non plus ? insista la belle.
— Coureur ?
— À pied. Ne t'emballe pas. Je cherche un partenaire pour le footing. Les femmes ici sont plutôt rando, et Cameron n'est pas très chaud pour me laisser partir seul.
— Je veux bien t'accompagner où tu veux… railla Louka. Mais pas au pas de course, c'est débile ! Pour ça, demande plutôt au Garenne.
— À qui ?
— Benjamin, murmura l'autre, en gardant les yeux rivés à son double scotch.

Les regards convergèrent vers celui qui tenait son diabolo fraise à hauteur de visage, et paraissait vouloir se cacher derrière les fines bulles qui remontaient le long du verre. Comme personne ne reprit derrière, ni Louka retourné à ses abîmes, ni Samantha surprise par le malaise naissant, Benjamin se força à articuler quelques mots d'explication, lui qui s'était tu tout à l'heure quand elle cherchait un partenaire.

— Je cours parfois, mais j'ai arrêté depuis plusieurs semaines, à cause d'une tendinite.
— C'est dommage, fit Samantha, l'air désolé.
— Tu connais quelques parcours alors ? demanda son mari, subitement intéressé par la chose.

Benjamin hocha la tête, tout en espérant que la conversation rebondisse sur un autre sujet, mais les verres étaient encore bien pleins et personne ne semblait pressé de reprendre la partie.

— Ils sont vers chez toi ?
— Quoi donc ?
— Les bons chemins, ils sont plutôt dans le bas du village ?
— Oui, par ici ça monte trop, tenta de sourire Benjamin.
— Tu vois, fit Cameron en se tournant vers sa femme. Je te l'avais dit, il vaut mieux descendre un peu. Tu prolonges après l'impasse où habite Benjamin, et après il y a un sentier. C'est ça non ?
— Oui.
— Le sentier qui va jusqu'à la ferme, ajouta-t-il, comme s'il voulait cartographier les lieux.

À ce moment, quelqu'un tenta une plaisanterie que Benjamin ne saisit pas, trop occupé à livrer bataille, mais comme personne ne suivit, le silence se fit de nouveau.

Chacun sirotait tranquillement son verre, laissant l'ex-champion de course à pied se démener seul face au feu des questions.

— En aller-retour, de chez toi, ça fait quoi ? 5 kilomètres ? reprit Cameron.
— Plus ou moins.
— Pas trop de dénivelés ? s'inquiéta Samantha.
— Non, même si ça monte légèrement à l'aller.
— Ne t'emballe pas quand même, dit Cameron à l'attention de son épouse. J'ai pas envie de te voir avec une tendinite, comme Benjamin. Tu courais combien de fois par semaine ?
— Pas souvent.
— Pas de chance alors cette blessure !
— Oui, manque d'hydratation sans doute.
— Bien s'hydrater et bien respirer, c'est la base, fit Samantha sur un ton professoral.
— Il faut aussi trouver un bon terrain, souple et pas trop accidenté, ajouta Cameron.
— Mais je pense qu'on a trouvé mon chéri. Benjamin en tout cas avait l'air de bien l'apprécier. Pas vrai ?

Ce dernier hocha la tête et fit de son mieux pour conserver un air détaché, mais ça bouillonnait à l'intérieur. Il savait que l'essentiel des informations venait de leur être livré. Il existait bien un homme dans le village qui fréquentait régulièrement le sentier, celui d'où l'on pouvait aisément apercevoir la route départementale sans être vu. Étonnamment, ce jeune célibataire ne s'était pas manifesté lorsque la midinette au short moulant avait lancé son appel à participation. Il leur restait à découvrir que le petit cachottier les menait en bateau lorsqu'il prétendait ne plus s'entraîner depuis des semaines. Il y a moins de huit jours, on pouvait encore le voir trottiner sur le chemin. Quelqu'un, dans le bas du village, l'avait forcément aperçu dans l'impasse en tenue de sport. Les témoignages du voisinage finiraient par concorder, et un travail de recoupement supplémentaire pourrait facilement faire coïncider les dates : le samedi du braquage et l'apparition soudaine de sa tendinite. Il leur faudrait quelques jours, pas plus, pour découvrir que Benjamin avait menti sur toute la ligne, comme il l'avait déjà fait pour le frigo.

André le sauva provisoirement du naufrage en décrétant le retour au jeu. Les verres étaient vides, la partie pouvait maintenant reprendre. Cameron n'insista pas, tout avait été dit ou presque. Benjamin demeura seul aux côtés de Samantha, hésitant encore sur la conduite à tenir. Devait-il la relancer sur le sujet, tenter de se réhabiliter en lui proposant une sortie dès qu'il serait rétabli ? Il choisit finalement de garder le silence, convaincu que ces finasseries ne changeraient rien à son affaire. Louka les avait lancés sur sa piste. Il avait réussi ce tour de force en une seule phrase. Et comme si cela ne suffisait pas, il avait encore eu ce mot : « Garenne ».

Par ici, c'était l'alternative utilisée pour désigner le « lapin de six semaines », l'équivalent à visage humain du gentil couillon qui gobe tout ce qui se présente. « Il est beau le Garenne », voilà ce qu'on disait lorsqu'on croisait la route d'un naïf dans son genre. C'est donc ainsi que Louka le voyait, et même renforcé par le prisme de l'alcool, il avait de bonnes raisons pour cela. Cameron et Samantha ignoraient sans doute ce point de l'histoire, ils ne savaient pas non plus que l'affaire présidait toujours à son médiocre présent.

En observant l'autre, hilare, terminer cul sec son double Scotch, Benjamin sentit grossir la boule de haine qu'il portait en lui depuis des années. Tête basse, il profita d'une fin de partie controversée pour quitter définitivement le terrain de jeu. La plupart des joueurs ne remarquèrent pas son départ, l'attention s'étant provisoirement reportée sur le cochonnet et la boule d'André qui, pour quelques millimètres très discutés, semblait avoir repris la main. Benjamin évita de se retourner en traversant la place, mais il devinait que les regards de Cameron et Samantha auscultaient déjà chacun de ses pas, convaincus d'avoir enfin trouvé la bonne piste.

À l'appartement, le sentiment de colère envers l'autre fut rapidement balayé par un vrai vent de panique, un souffle violent qui emporta tout. Il était devenu évident que la petite phrase de Louka allait causer sa perte. Rattrapé par la réalité, il imagina, terrifié, ce qui pourrait se mettre en place dès cette nuit, lorsque la partie serait terminée. Il échafauda de multiples scénarios, chaque nouvelle version, nourrie par la paranoïa grandissante, se trouvant plus radicale et meurtrière que la précédente. À un moment, il passa dans la cuisine, ouvrit le vaisselier et sortit le long couteau qui lui servait à découper la viande. Avec cette lame de vingt centimètres dans la main, il se sentait mieux armé pour se défendre, puis il réalisa le ridicule de la situation. La lame en question avait déjà du mal avec les parties filandreuses du faux-filet, elle ne ferait pas grand mal à un commando aguerri. Sur ce plan-là aussi, il avait révisé son jugement. Il avait d'abord naïvement projeté une intrusion nocturne, Cameron ouvrant la marche et Samantha couvrant ses arrières, avant de réaliser que ce ne seraient sans doute pas ces deux-là qui viendraient lui tirer les vers du nez. Ils avaient sans doute des équipes plus compétentes, spécialisées dans le genre, des gars qu'un couteau de cuisine n'allait pas effrayer. Ils pourraient même l'employer contre lui le cas échéant, histoire de lui montrer toutes les facettes de son utilisation. Mais on en viendrait vite au fait. Les truands n'auraient pas grand-chose à faire, poser les bonnes questions, tendre l'oreille à la voix apeurée, puis délatter le faux plafond en lambris. Benjamin ne se voyait pas tenir bien longtemps sous le feu nourri des sommations, d'ailleurs avait-il seulement l'intention de lutter ? Il paraît que certains hommes pouvaient résister à la torture, il se demandait vraiment par quel prodige ?

Lui savait déjà qu'il n'aurait pas ce courage. Il dirait tout, assez rapidement et sans faire d'histoires. Que feraient-ils ensuite de lui, une fois son forfait avoué et la cachette mise au grand jour ? Ce qu'on fait en général des témoins gênants, on les rend moins embarrassants.

La psychose grandissait à mesure que la nuit s'avançait. Incapable de se calmer, constamment aux aguets, il veilla fébrilement jusqu'à minuit, sursautant au moindre bruit, les inventant parfois. C'était la première fois qu'il se sentait physiquement menacé. Ce n'était plus une entité abstraite qui cherchait à s'approcher, mais une menace concrète qui allait être mise à exécution. Le compte à rebours était enclenché, ils étaient sur sa piste et allaient vite recouper les informations, ce n'était plus qu'une question d'heures. Quelqu'un l'avait forcément aperçu en tenue de sport le jour du braquage. Il s'était montré vigilant au retour, d'accord, mais il n'avait pas fait particulièrement attention au moment de s'engager dans le chemin, pourquoi aurait-il dû d'ailleurs ?

Comme si cela ne suffisait pas, un autre élément à charge, l'énorme frigo américain, trônait à présent dans sa cuisine. Comment justifier un tel achat ? Où avait-il trouvé l'argent ? À ces questions embarrassantes, il n'avait évidemment aucun début de réponse. Mais au-delà des deux actions et des énormes mensonges s'y attenant, il y avait aussi son attitude générale. Cameron était venu sonner à sa porte, qu'avait-il observé ? Un type mal à l'aise qui ne l'avait pas laissé entrer et sembla soulagé lorsqu'il avait fait mine de repartir, autant dire le parfait portrait-robot du dissimulateur. Il devenait évident que Benjamin était bien la personne qu'il recherchait.

Pourtant ce dernier luttait encore contre sa raison. Dans un réflexe de survie, et par un subtil jeu de l'esprit, il parvint à se persuader, durant quelques minutes, que tout ceci n'était que le fruit de son imagination débordante. Il n'avait après tout aucune preuve tangible pour accuser le couple nouvellement installé au village. Cameron s'était remarquablement intégré à leur communauté, il avait le contact facile, soit, mais pourquoi en faire une source d'inquiétude ? Quant à sa femme, quel piège sournois lui avait-elle donc tendu ? Elle avait apporté un diabolo fraise avec le sourire, la belle affaire, tout le monde avait eu droit à la même offrande et personne ne s'en était plaint. Mais malgré les dénégations portées par les contorsions habiles de son esprit, demeurait dans sa psyché une petite voix qui refusait de se taire, une petite voix qui mettait en relation les propositions de la belle Samantha et celles, tout aussi surréalistes, de son soi-disant mari.

Benjamin avait beau vivre au fin fond de l'Ardèche, il avait tout de même le sens des réalités. On ne propose pas innocemment à une dizaine de mâles pas très glamour un tête-à-tête sportif sur des sentiers déserts, on n'offre pas non plus 15 % de réduction à un parfait inconnu sur des modèles de téléphonie haut de gamme. Dans la vraie vie, cela ne se passait pas comme cela. Dans la vraie vie, chaque euro se gagnait à la sueur du front et les véritables beautés étaient toujours placées sous haute protection. Sans parler de la corrélation des dates, une petite semaine à peine entre le jour du braquage et leur arrivée au village, c'était vraiment troublant. On pouvait également ajouter la visite surprise de Cameron à son domicile et sa propension insistante à vouloir lui faire sortir de grosses sommes en liquide. Benjamin devait se rendre à l'évidence, il était bien dans leur collimateur, et même s'ils ne frappaient pas ce soir, il ne pouvait plus leur échapper.

À deux heures du matin, nerveusement épuisé, il s'allongea sur le vieux canapé du salon. Il devait bien exister une solution, mais laquelle ? Il ferma les yeux quelques secondes à la recherche d'une étincelle, d'un trait de l'esprit, mais rien ne vint. Il se releva et migra finalement vers la chambre de l'enfant. Le petit lit en bois grinça un peu sous son poids, mais c'était ici qu'il voulait être, un peu à l'écart, un peu protégé. Il avait volontairement laissé la pièce dans l'obscurité. Sa main partie à la recherche des quelques peluches qui montaient la garde contre le mur. Chatounet n'était pas du lot, il avait migré à Valence, et on ne le reverrait sans doute pas de sitôt. Le visage de Tiffany s'invita à son tour en surimpression sur le plafond noir. Les yeux embués, Benjamin projeta son sourire d'enfant, les taches de rousseur qui s'étaient multipliées sur ses pommettes rondes, et cette croissance qu'il ne maîtrisait plus. Il devait absolument trouver une échappatoire qui les préserve d'une nouvelle séparation. Il réalisa soudain que l'autre venait de réussir la passe de deux.

Louka avait été une des causes de ce premier déchirement, et c'était encore une fois cette ordure qui venait d'envoyer deux chiens de chasse sur sa trace. Le temps parut se cristalliser autour du faciès rabougri qu'il exécrait. La colère se transforma en rage, il ne cherchait même pas à contrôler les flux de haine qui montaient à intervalles réguliers. C'est au terme d'une de ces furieuses poussées d'adrénaline que le déclic survint. De son esprit en fusion jaillit enfin l'étincelle. Simple de conception, l'idée, encore embryonnaire, avait déjà valeur de direction. Il fallait lui donner un peu de force, car une partie de lui était encore réticente. Cette décision impliquait un sacrifice énorme, quasiment impossible à consentir, mais elle constituait sans nul doute sa seule voie de secours, l'unique chemin qui menait à Tiffany et assurerait leur protection.

Lorsqu'il rouvrit les yeux, son esprit cartésien avait retrouvé toutes ses fonctionnalités, comme si la bascule venait d'être opérée. Tout n'était donc pas perdu, même s'il allait devoir agir vite. Ce dont il était à présent convaincu, c'était qu'il fallait donner un os à ronger aux braqueurs, un os avec beaucoup de garniture dessus. Pour cela, il allait devoir s'amputer d'une énorme partie de son bien. Il était toujours allongé sur le petit lit, presque calme, quand il acta ce nouveau partage. Le premier verrou venait de sauter. Le sacrifice à demi consenti, il s'attela à considérer la faisabilité de l'échange, car rendre l'argent ne suffirait pas, il fallait aussi leur offrir une cible de substitution. Jusqu'à présent, personne n'avait essayé de forcer sa porte, c'était un premier point capital, cela lui laissait peut-être encore un ou deux jours pour s'organiser. Restait à définir un lieu et un mode opératoire, c'était le point épineux. Pour ce qui était de la crédibilité du scénario, il demeurait confiant. Il avait la conviction que les voleurs mordraient à l'hameçon, même s'ils avaient déjà longuement fouillé la zone. Eux aussi demeuraient sous haute tension, constamment aux aguets, cela les inciterait à voir les choses autrement, quitte à biaiser un peu avec la réalité. Pourquoi chercher la petite bête alors que la roue vient de tourner ?

Benjamin ressentit le besoin de matérialiser cette nouvelle donne, il lui fallait un état des lieux visuel avant de procéder à l'automutilation. Muni de sa pince et du tournevis, il fit tomber le lambris de l'entrée, puis retira prudemment les sacs de leur niche avant de les déposer sur la table basse. Il songea que si quelqu'un débarquait maintenant, il n'aurait qu'à tendre la main pour empocher le pactole, mais la question n'était plus là, l'argent allait être rendu de toute façon. Il retira les liasses des sachets et les disposa en rangées rectilignes devant lui. Une dernière fois, il contempla le trésor dans son intégralité. L'amputation allait maintenant pouvoir commencer. Il écarta les lanières du sac de sport et replaça une à une les briquettes à l'intérieur du bagage. Il les repositionna toutes et n'en conserva qu'une trentaine sur la table.

Il compta la somme restante : 270 000 euros, c'était encore trop. Il avait établi une limite à ne pas dépasser, elle était de 7 % du butin, en comptant la liasse entamée. Il se disait qu'au-delà de ce seuil, il prenait le risque de déclencher une nouvelle chasse à l'homme. Il avait hésité avant de se décider finalement pour le chiffre porte-bonheur, mais après quelques conversions, le total de 200 000 euros lui était apparu idéal. C'était une somme à six chiffres qui, sans être une peccadille, entrait dans le domaine de l'acceptable. Il se fit donc violence pour retirer encore quelques paquets du lot et arriver au montant qu'il s'était fixé. Le cœur un peu serré, il considéra la masse imposante de billets qu'il allait abandonner. Il y avait à ses pieds presque trois millions, le prix de sa tranquillité. Il hésita à réaliser une ponction supplémentaire, une de plus ou de moins, est-ce que cela ferait vraiment une différence ? Où se trouvait la bascule ? Mais il résista à la tentation, convaincu qu'elle se situait très exactement là, dans ce rapport foncièrement inégal. Il croyait fermement qu'avec 93 % de la somme retrouvée et un semblant d'explication pour les 7 % manquants, les braqueurs auraient leur compte. Pourquoi iraient-ils chercher plus loin ? Comment imaginer que quelqu'un puisse se contenter d'un simple pourboire après avoir possédé la totalité du magot ?

Cela dépasserait leur entendement, on parlait d'hommes prêts à risquer la prison pour des sommes bien inférieures. Ces gars-là croiraient à cette histoire parce qu'ils n'auraient jamais pu faire la même chose, voilà tout.

Benjamin tira la glissière du sac, il savait qu'il ne reviendrait plus sur sa décision. Il rapporta ensuite le bagage dans sa chambre, le roula dans la couverture et le fit glisser sous le lit, sans plus de précautions. Tout ceci n'était que provisoire. Son paquet à lui, en revanche, il le positionna dans le faux plafond et remit bien en place le lambris dégradé. Il pensait que son affaire pouvait être réglée avant demain soir. C'était une prévision optimiste, mais il n'avait pas le choix, le temps jouait contre lui. Il revint au salon muni d'un crayon et d'une feuille blanche histoire de mettre certaines idées au clair. Il n'avait plus que quelques heures devant lui et ces deux seuls ustensiles pour donner consistance à un vague plan d'action.

6

Lorsqu'il sortit de l'appartement, la lumière était déjà là, douce et réconfortante, qui accompagna ses premiers pas. Après s'être installé au volant de la Clio, il dépassa le pont en pierre, puis s'engagea sur la route qui descendait à Aubenas, mais aujourd'hui ce n'était pas à l'usine qu'il se rendait. Au niveau du chantier, il s'arrangea pour stopper au feu tricolore. Les trois ouvriers étaient réunis en demi-cercle autour de l'épandeuse. Lorsque le feu passa au vert, Benjamin s'engagea lentement sur la voie unique et dépassa le trio en évitant de croiser leur regard. Il négocia le tournant au ralenti et repéra le second feu installé en contrebas, une cinquantaine de mètres plus loin. La disposition des deux signalisations était bien conforme à ses souvenirs. Le virage à angle droit, placé entre les deux arrêts, lui laisserait le champ libre, c'était un point essentiel. Le parking qu'il souhaitait utiliser était situé à moins d'un kilomètre. Il conduisit jusqu'à l'aire de dégagement et parvint à se garer à l'abri, sous la coupe d'imposants feuillus.
Il consulta sa montre, même à 8 h 20 le trafic était quasiment inexistant. Un seul véhicule traversa le paysage, cinq minutes plus tard, c'était une Mégane bleue, inconnue au bataillon, avec une remorque accrochée à l'ar-

rière-train. Puis ce fut de nouveau le calme plat, jusqu'à 8 h 36 précisément. À cet instant, la 308 blanche conduite par Louka passa à toute allure. Il filait bien vers Aubenas, pour sa journée de travail à l'agence, son retour était prévu en fin d'après-midi.

La vérification effectuée, Benjamin redémarra et repartit tranquillement en direction du village. Une large partie de son plan reposait sur la configuration des lieux. Pour l'instant, elle ne lui était pas défavorable avec ce virage en forme de coude qui séparait les deux zones, mais il lui restait encore à découvrir l'endroit idoine qui rappellerait la scène de la découverte. Il put rouler au pas sans gêner personne jusqu'au feu tricolore. Tout en manœuvrant, il observait attentivement la chaussée et le sous-bois en prolongement. Une trentaine de mètres avant la signalisation, un espace dégagé en léger dévers retint son attention. Il stoppa quelques secondes devant l'endroit, détailla le renfoncement sur sa gauche et le talus peu accentué qui le surplombait. Derrière le fossé, les arbres serrés les uns aux autres annonçaient un sous-bois dense et sombre. L'endroit était ressemblant, facilement accessible, et tout proche du chantier. D'accord, dans les faits, il avait découvert le sac un peu après le virage, mais qui pouvait vérifier ? Le balisage avait pu évoluer ou les braqueurs se tromper, difficile de garder les idées claires avec toute cette armada qui leur collait aux fesses. L'essentiel était que le bagage soit placé dans le bon périmètre. Et ici, c'était parfait. De cette position, il pourrait opérer sans être vu des ouvriers, l'angle de la route le protégeait.

Pour l'instant, la chance semblait de son côté, même s'il en faudrait bien plus pour réussir. Avec plusieurs essais, sur la durée, c'était peut-être jouable, mais il n'aurait droit qu'à une seule tentative, autant dire que cela en faisait des astres à aligner pour espérer toucher au but. Il remonta la zone de travaux, doubla l'équipe de chantier à pied d'œuvre, et vint garer la voiture devant l'appartement. Il était à peine 9 h et le plus dur allait maintenant commencer : l'interminable attente.

Même si le jour était revenu, il demeurait sur ses gardes. Il choisit de rester cloîtré entre ces murs pour le restant de la journée, porte verrouillée à double tour. Les heures s'égrenèrent très lentement, tel un compte à rebours au ralenti. Il combla le temps comme il put, s'occupa l'esprit par le jeu et la télévision, et put même s'assoupir un court instant en début d'après-midi. Il n'aurait pas cru cela possible. Après sa courte somnolence, il relut ses notes et rejoua mentalement toutes les étapes de son plan. Le moment fatidique approchait. Il se dit que son destin pouvait basculer au cours des prochaines heures, ou alors il reviendrait à la case départ, son sac sous le bras et la perspective d'une nouvelle nuit d'angoisse. Durant les dernières minutes, il multiplia les pas nerveux dans le salon, il ne tenait plus en place.

À 16 h, enfin, ce fut la délivrance, le retour à l'action. Il tira nerveusement la grande couverture de sous le lit. Le sac de sport y était encore à l'abri, il se félicita au passage de ne pas s'en être débarrassé, comment aurait-il fait sans le bagage témoin ? Malgré le retrait des 200 000 euros, celui-ci restait lourd et dense, ce qui était finalement assez rassurant. Il ouvrit prudemment la porte de l'appartement. La rue semblait déserte, mais il se méfiait des apparences, quelqu'un pouvait toujours se trouver derrière un rideau ou sortir au dernier moment d'une habitation. C'est pendant ces temps de transport qu'il se sentait le plus vulnérable. Il actionna à distance les portes de la Clio, et après s'être assuré une dernière fois que la voie était libre, traversa rapidement, ouvrit le coffre, et y projeta le bagage roulé en boule. Sans perdre une seconde, il monta à l'avant du véhicule et démarra aussitôt. Il savait que Louka quittait l'agence vers 17 h et qu'il lui fallait une vingtaine de minutes pour revenir d'Aubenas. Il filait ensuite rejoindre les boulistes sur la place et multipliait les apéritifs jusqu'à la fin du jeu. Benjamin avait donc un peu plus d'une heure pour tout mettre en place et effectuer les derniers ajustements. La réussite de l'opération allait reposer sur une succession de détails.

Passé le pont en pierre, la voiture obliqua à gauche. La route était toujours aussi peu fréquentée, et cela faisait bien son affaire. Il arriva rapidement près du chantier, les ouvriers qui œuvraient quelques mètres plus loin ne lui prêtèrent aucune attention. L'un d'entre eux regarda même plusieurs fois sa montre, peut-être guettait-il la fin du service ? Cela n'inquiéta pas Benjamin, leur présence n'était pas indispensable, du moment que la signalisation restait active, ce qui serait forcément le cas avec ce virage en tête d'épingle au milieu du tracé. Quand le vert s'afficha, il enclencha la marche avant, et après le fameux coude, ralentit un peu, détaillant une dernière fois le petit terre-plein qu'il avait repéré au matin. De la route, on pouvait facilement distinguer les racines des arbres et les mousses touffues. Il faudrait bien sûr ajouter les deux mètres le séparant de l'autre voie, mais l'examen visuel restait rassurant, la lumière et la visibilité étaient bonnes. Il laissa la Clio glisser jusqu'au parking, et parvenu sur la place, s'engagea dans un sentier forestier bosselé qui pénétrait dans les bois. Il avança sur une vingtaine de mètres et gara le véhicule à l'abri des regards. Il lui fallait maintenant remonter à pied toute la distance qui le séparait du chantier. Lesté de son imposant bagage, cela ne s'annonçait pas comme une partie de plaisir. Pour éviter d'être repéré, il allait devoir s'engager dans les bois, mais sans s'éloigner de la route, son unique repère visuel.

Il s'aperçut d'emblée qu'il avait mal évalué la tâche. Le terrain, parsemé de souches d'arbres et de branches mortes, était vraiment accidenté, et l'inclinaison de la pente, redoutable par endroits, accentuait encore la difficulté. Il progressa lentement, toujours soucieux de ne pas perdre de vue la départementale sur sa droite. Il ne devait surtout pas s'égarer au milieu de la forêt. Après quinze minutes d'une marche difficile, il n'avait accompli que la moitié de la distance. Il se fit violence pour presser l'allure, mais avec ce fardeau aussi lourd qu'un sac de pierre, c'était peine perdue. Il reprit finalement son rythme de forçat et lorsque le feu tricolore émergea enfin à travers la broussaille, ce fut un réel soulagement, une première victoire sur les éléments. Le souffle court, le visage en sueur, et les bras ankylosés, il prit quelques instants pour récupérer de l'effort violent qu'il venait de s'imposer. Puis il se rapprocha prudemment du fossé et localisa le petit espace de dégagement. Il devait maintenant trouver le bon emplacement, à juste distance de la route. Cela devait ressembler à une tentative de dissimulation imparfaite. Il choisit un endroit légèrement en surplomb et y déposa le paquetage. Il le recouvrit partiellement avec des feuilles sèches et des branches mortes. Enfin, après s'être assuré que la voie était libre, il bondit sur la chaussée et observa la scène qu'il venait de maquiller.

Il s'imagina à la place du conducteur, fléchit légèrement sur ses genoux, avança de deux pas, recula de quelques centimètres. De cette position, malgré le feuillage, on distinguait nettement la longue poche en tissu et les deux anses de portage, impossible d'ignorer le sac de sport. Et difficile de ne pas être intrigué par sa présence, ce n'était pas le genre d'objet qui se fondait dans le paysage.

À condition, bien évidemment, de regarder dans la bonne direction.

Quand il pensa avoir trouvé le meilleur angle possible, il déposa à ses pieds un caillou noir de forme ovale puis replongea dans le sous-bois. Il remonta la route sur une trentaine de mètres et sortit au niveau de la signalisation. Sans perdre une seconde, il bascula le feu tricolore en arrière et le fit rouler jusqu'à la marque repère. Il le plaça au niveau de la pierre et effectua une dernière vérification pour s'assurer que l'appât était toujours visible. C'était bien le cas, et sur deux mètres au moins. Il ne restait plus qu'à attendre. Benjamin enjamba le talus et partit se cacher derrière un arbre, à une dizaine de mètres du piège. Il fallait maintenant prier pour que le feu soit rouge lorsque se présenterait la voiture de Louka. Rouge, sans poursuivant immédiat, avec un maximum de temps d'attente, cela faisait beaucoup de conditions. Il consulta sa montre, c'était encore un peu tôt, mais l'autre pouvait aussi sortir en avance ou, comme à son habitude, prendre quelques largesses avec le Code de la route.

Et puis soudain, à 17 h 11, Benjamin perçut distinctement le bruit d'un moteur, mais un tintement beaucoup plus chaotique que le 2 litres HDI de la 308. Et cela ne manqua pas, un vieux Scénic déboucha sur sa droite avec à son bord un joyeux père de famille entouré de toute sa progéniture. Ils étaient au moins trois à alourdir le châssis arrière du Multiplace. Le cœur de Benjamin se serra. Il n'était pas question de faire endosser à un autre le fardeau déposé en marge du talus, mais il semblait déjà trop tard. Le véhicule, tout proche, avait commencé à décélérer. Benjamin fixa le feu bloqué sur le rouge. Il ne pria pas vraiment, ce n'était pas son genre, mais alors que le brave chef de famille continuait à appuyer sur les freins, la main de la providence ordonna le changement de couleur. Juste à temps. À la vue du nouveau signal, le Scénic hoqueta sur quelques mètres puis poursuivit sa route sans se douter que ses passagers venaient d'échapper à une drôle de proposition.

Encore sous le coup de l'émotion, Benjamin se redressa, bien conscient de sa bévue. Les probabilités que la situation se répète étaient minces, mais il ne voulait pas prendre le risque de précipiter des innocents dans le gouffre duquel il cherchait à s'extraire. Ce n'était pas avec eux qu'il avait prévu l'échange des rôles.

Il fit quelques pas de côté et s'empara de deux épais branchages tombés au sol. Muni de ses longs paravents, il se rapprocha du bagage et se laissa glisser à plat ventre, le regard tourné en alternance vers la route et le feu tricolore. Pendant cinq minutes, il ne se passa rien. En tendant l'oreille, il pouvait même percevoir les voix des ouvriers de l'autre côté du virage.

Puis à 17 h 17, il y eut une nouvelle alerte, mais ce fut encore une erreur d'aiguillage ! Cette fois c'était l'Opel Corsa de Christophe qui remontait vers le village, à croire qu'ils s'étaient passés le mot. Benjamin poussa immédiatement sur ses bras et rampa jusqu'à l'appât. Des tiges pointues lui griffèrent le torse, mais malgré la gêne, il parvint à tendre ses bras et à couvrir le sac avec les deux branches. La voiture venait de stopper à quelques mètres de lui. Face contre terre, Benjamin avait l'espoir que le feu passe rapidement au vert, et surtout que le camouflage soit efficient. L'attente parut interminable. Une fois, il osa lever la tête, il aperçut Christophe, les yeux rivés sur son téléphone, complètement indifférent à ce qui l'entourait. Ce fut tout à la fois un soulagement et une nouvelle source d'inquiétude. Et lorsque la voiture redémarra, quelques secondes plus tard, ce fut plus fort que lui, il laissa son visage posé contre la terre humide. Tout ceci était trop compliqué, cela ne pouvait pas marcher. Il y avait trop de paramètres à maîtriser.

Le découragement était proche, et pourtant, une fois encore, il se remit debout. À travers la cime des arbres, il chercha dans l'astre déclinant des raisons d'espérer, et il en trouva une, et de taille : Louka n'était toujours pas passé, or il n'y avait que lui qui comptait ! Il faudrait évidemment que le feu soit de la bonne couleur et que l'autre tourne la tête dans cette direction, c'était aléatoire mais ne relevait tout de même pas du miracle ! Il s'accrocha à cette idée, et après avoir dégagé les deux branchages et épousseté le sac de sport, il reprit sa position d'attente, à l'horizontale.

Il contrôlait les cycles du feu tricolore qu'il commençait à connaître par cœur (2 × 3 minutes). À chaque fois que celui-ci passait au vert, débutait pour lui une longue période de crispation, semblable à celle qui précédait la dernière minute de la phase d'arrêt. Les fenêtres de tir étaient encore moins nombreuses qu'il ne l'avait imaginé.

Et puis la 308 de Louka finit par débouler en trombe. Benjamin avait les yeux rivés sur sa montre chronomètre, cela faisait 1 minute et 34 secondes que le signal était rouge. Allongé sur son lit de feuilles, il observa la roue avant gauche du véhicule stoppée pile à l'endroit marqué de la pierre noire. Tout allait se jouer maintenant. Il restait très exactement 86 secondes pour opérer l'échange. Mais déjà, une partie de ses espoirs venait de s'envoler. La main droite posée sur le volant, la gauche tirant sur une cigarette à demi consumée, Louka ne prêtait aucune attention à l'univers boisé qui l'entourait. Il paraissait absorbé par ses pensées, était-il déjà un peu ivre, ou pensait-il à l'être ? Toujours est-il que le temps s'écoulait inéluctablement sans que rien ne se passe. Il restait une poignée de secondes, une quinzaine à peine, lorsqu'il tourna enfin la tête dans la bonne direction. Ce n'était pas un acte prémédité, plus un réflexe pour détendre sa nuque, le mouvement fut d'ailleurs assez bref. Benjamin crut pourtant déceler un temps de suspension lorsque le regard de Louka croisa la forme rectangulaire du sac, mais très vite ce dernier considéra à nouveau le feu tricolore qui venait de changer de couleur. Sans hésiter, il enclencha la première et démarra à pleine vitesse, comme à son habitude.

Abattu, Benjamin replongea la tête face contre terre, il était pourtant persuadé que Louka avait aperçu l'appât, mais ce n'était pas suffisant. Un brutal crissement de pneus le ramena à la vie. La 308 venait de piler, éparpillant des dizaines de gravillons sur les bas-côtés. Elle s'était immobilisée juste avant le virage. Il y eut peut-être cinq à six secondes de battement, des secondes interminables, comme si les deux destins avaient décidé de s'accorder un temps de réflexion. Et puis Louka actionna la marche arrière et la voiture revint se positionner au niveau du feu. Benjamin, tapis dans les fourrés, avait les yeux rivés sur son conducteur. Cette fois, il vit clairement le cou de Louka s'allonger et ses deux yeux parcourir le sous-bois à la recherche de la forme oblongue. Il comprit que le poisson était ferré. Il tenta alors de reculer, mais ramper à l'envers était vraiment difficile, c'était surtout trop bruyant. Il s'immobilisa au bout de quelques mètres, dès que la portière avant se referma. Louka, qui venait d'escalader le talus, semblait désormais si proche. Benjamin n'osait plus respirer, il espérait seulement que l'autre ne fasse pas trois pas dans sa direction, cela en aurait été fini de sa ridicule cache. Mais Louka s'approcha immédiatement du sac et dégagea les branchages d'un seul coup de pied. Il faisait maintenant monter et descendre le bagage dans les airs, tel un haltère. Il était quand même costaud pour le manipuler ainsi. Puis il le déposa au sol et fit glisser la fermeture éclair d'un coup sec, mais comme Benjamin avant lui, il arrêta son geste à mi-chemin, le mimétisme était surprenant. Allongé sur la terre humide, le guetteur s'efforçait de demeurer immobile, conscient que le plus petit craquement causerait sa perte, mais pour la proie, tout se passait maintenant en vitesse accélérée. Benjamin connaissait bien ce furieux tourbillon, c'était comme une cascade d'idées qui prenait de la vitesse. Le sac ? Qui ? Pourquoi ? Le transporter ? Où ? Comment ? Un peu plus tard, il y aurait d'autres impératifs, comme prendre des dispositions pour le protéger, se renseigner sur l'origine du butin, envisager les modalités de son exploitation… et ainsi de suite jusqu'à en perdre le sommeil. Mais Louka n'en était pas encore là.

Il appréhendait seulement le précipice béant qui venait de s'ouvrir sous ses pieds et multipliait les regards circulaires autour de lui. Après quelques secondes, il se décida enfin à passer à l'action. Il traîna le bagage jusqu'au talus et franchit difficilement le léger dévers. Il hissa ensuite le sac de sport dans le coffre arrière de sa voiture, et avant de quitter les lieux, lança une fois encore des coups d'œil inquisiteurs en direction des quatre points cardinaux, ce ne serait pas les derniers. Malgré le feu bloqué sur le rouge, la 308 démarra brutalement, abandonnant à son sort l'unique témoin de la scène. Blotti contre terre, Benjamin ne vit même pas la voiture s'éloigner. Ce n'est que lorsque le silence fut revenu qu'il se redressa en grimaçant, le ventre zébré par de multiples griffures.

Une page se tournait, mais il avait bien du mal à s'en réjouir. Loin du soulagement escompté, elle apporta immédiatement son lot d'interrogations et de doutes. Adossé contre le tronc d'un arbre, il réalisa qu'il venait d'abandonner près de trois millions d'euros au type qu'il détestait le plus, il avait même organisé un plan pour cela, un plan qui reposait sur des intuitions qui lui paraissaient à présent bien nébuleuses. Et si le « Garenne », au passé déjà bien chargé, venait de commettre une nouvelle grosse bourde ? Deux questions embarrassantes avaient suffi à le déstabiliser, l'une portait sur le prix d'achat d'un réfrigérateur, l'autre sur ses états de services en course à pied. Abandonne-t-on vraiment la lutte et la promesse d'une vie de rêve pour de si futiles motifs ? Est-ce que Louka aurait tremblé de la sorte ? Non, certainement pas. Le gars qui venait d'opérer sous ses yeux n'avait pas l'air d'être fait du même bois. Il aurait sans doute gardé l'argent, refait tout son intérieur avec une ou deux liasses, et accepté l'invitation à gambader de la belle Samantha. Ce n'était pas un lapin de six semaines, lui !

Heureusement, Benjamin se reprit avant que le délire paranoïaque ne dégénère. C'était incroyable comme l'esprit pouvait opérer ces soudaines mutations. Un coup en haut, un coup en bas, il pouvait penser une chose et son contraire dans la même minute, de vraies montagnes russes. D'ailleurs, il n'était pas exclu que le balancier reparte très bientôt dans l'autre sens, ce qui aurait été parfaitement inutile. Cela ne servait plus à rien de cogiter, l'échange était acté maintenant. Il devait juste se souvenir qu'il y avait un travail à terminer avant de quitter les lieux. Il s'épousseta donc un peu, se rapprocha de la route, et d'un bond, franchit le talus. Il bascula ensuite le feu mobile et le remonta jusqu'à sa position initiale. Une fois la signalisation en place, il retourna dans le sous-bois et avança d'une cinquantaine de mètres pour être certain de ne pas être visible de la départementale. Il était temps de rebrousser chemin. C'était beaucoup plus facile sans le sac qui n'était plus là pour gêner sa progression. Il se permit même de trottiner un peu pour éprouver cette nouvelle légèreté. Un sentiment d'allégresse gagna bientôt tout son être, sans qu'il ne puisse se l'expliquer. C'était encore une de ces métamorphoses soudaines de l'humeur. Celle-ci était nettement plus agréable. Il se sentait délivré d'un terrible poids, un poids qu'il venait de confier à un autre, un peu comme au jeu du Mistigri quand la carte brûlante quitte votre main pour celle de votre voisin. Fort de cette nouvelle vitalité, il avala les trois cents derniers mètres au pas de charge. Même la vieille Clio, immobile sous un arbre, parut saluer son retour victorieux. Docile, elle se laissa piloter en marche arrière, opéra le demi-tour sur le parking et reprit tranquillement la route menant au village. Lorsque Benjamin traversa la zone de chantier, les trois ouvriers ne lui prêtèrent pas plus d'attention qu'une heure auparavant, et pourtant, comme les choses avaient évolué depuis son dernier passage !

À l'appartement, il s'autorisa une bière pour décompresser un peu, mais une seule. Il hésitait encore à monter sur la place, la curiosité était grande de voir si Louka avait rejoint le groupe des boulistes, il aurait aimé détailler les nouveaux pans de sa personnalité, mais il était sans doute encore trop tôt. L'autre devait être terré chez lui, craintif comme un animal aux aguets. Il était en tout cas dans l'intérêt de Benjamin qu'il sorte rapidement de sa tanière pour croiser la route du nouveau duo fort du village. Vu du salon, son plan paraissait imparable. Il avait réussi à faire de la découverte du magot un événement accidentel. Tout y était : la configuration des lieux, plutôt ressemblante, la proximité de la zone de travaux, et l'incroyable concours de circonstances pour conclure. C'était maintenant à Louka d'entrer en scène et d'assurer sa partie. Il allait devoir se montrer, et surtout parler, beaucoup parler. Cela ne devrait pas être difficile, le rôle était fait pour lui. Puis, lorsqu'il se ferait prendre (parce qu'il se ferait prendre), il finirait par tout leur révéler sous le poids des coups : le lieu, la date, les circonstances. Naturellement, certains détails n'allaient pas coller, mais Benjamin resterait protégé par l'argument massue qui viendrait entériner ce scénario : il n'existait raisonnablement aucune autre option que celle-ci. À moins évidemment d'y consacrer de longues semaines d'investigations, ce dont ils n'avaient sans doute ni les moyens ni l'envie. Ils tiqueraient peut-être encore un peu pour les 200 000 euros manquants. L'autre n'aurait pas d'explications bien sûr, il bégaierait, finirait par supplier, mais devant la menace d'une nouvelle salve de coups, il trouverait lui-même une voie de secours. Les braqueurs l'aiguilleraient d'ailleurs peut-être dans ce sens. Louka était un joueur invétéré, régulièrement sous l'emprise de l'alcool. Il était parfaitement capable de perdre une grosse somme au casino et de ne pas s'en souvenir. Il était même possible, qu'ivre mort, il ait égaré une ou deux liasses dans la nature, par simple négligence. La consommation abusive de whisky ouvrait bien des pistes. Sans doute que celles-ci ne résisteraient pas à un examen plus approfondi, la somme manquante était quand même conséquente et le délai bien court, mais Benjamin demeurait confiant, il leur manquerait au final la volonté de pousser plus loin leurs investigations. Avec deux millions sept cent mille euros en poche, ils solderaient les comptes. On abandonne plus facilement quelques miettes du gâteau lorsqu'on a la promesse d'un festin.

Restait la question du temps, qui menaçait déjà la fragile construction. Louka allait sans doute rester cloîtré chez lui, il allait avoir besoin de digérer la découverte. Il ne fallait pas que cette phase soit trop longue, car Cameron et Samantha continuaient de leur côté à mener la chasse. Et Benjamin resterait leur cible privilégiée tant que l'autre n'aurait pas commencé à se répandre. Le soulagement ressenti tout à l'heure en observant le sac changer de mains commençait déjà à s'estomper. En fait, rien n'était réglé, et la luminosité qui commençait à décliner ne lui disait rien qui vaille. Il faudrait encore un ou deux jours avant que le rapport de force ne s'inverse. Rester seul à l'appartement, à l'affût du moindre craquement ou du plus petit grincement de porte, lui garantissait déjà une nuit sans sommeil, voire pire encore si les alertes décidaient de ne plus être anodines.

Il se mit à tourner en rond comme un lion en cage. La crainte redevenait physique. Pour s'en défaire, il devait quitter le village le temps que Louka reprenne ses esprits, un exil de quelques heures, pas forcément très éloigné. Il pouvait trouver un petit hôtel quelque part, en Drôme provençale ou près de Valence. Cette dernière option retint vite son attention. Elle présentait un autre avantage, celle de lui fournir un excellent alibi. Prendre soudain deux jours de RTT pouvait paraître surprenant, voire suspect, quitter le village pour une nuit également, mais si c'était pour passer un peu de temps auprès de son enfant, cela changeait la donne. Quoi de plus légitime pour un père attentionné ? Ce qui n'était au départ qu'une simple projection se transforma rapidement en résolution, et sans plus réfléchir, il saisit un grand cabas et y fourra le strict nécessaire, quelques affaires de toilettes et un rechange pour la journée à venir. Sa décision était prise, il allait fuir pour la nuit.

Sa seule hésitation concerna le précieux sac en plastique dissimulé sous le lambris beige. Devait-il emporter l'argent avec lui ? Sur la route, on pouvait toujours craindre un contrôle inopiné de police, mais était-ce vraiment plus risqué que de l'abandonner ici, dans cette cache dérisoire ? Il décida finalement de récupérer le sachet souple, l'opération mit moins de dix minutes, il commençait à avoir l'habitude.

Avant de claquer la porte, il glissa le petit repère en plastique dans la fente. Il s'assura ensuite que la rue était déserte et plaça dans un premier temps le sac cabas sur la banquette arrière de la Clio. Il roula 5 kilomètres avant de stopper le véhicule sur un parking désert, un peu avant Vals-les-Bains. À l'abri des regards, il prit quelques minutes pour dissimuler le sachet en plastique contenant l'intégralité des 200 000 euros sous l'armature métallique du siège arrière gauche. Dispositif simple mais efficace, personne ne viendrait le chercher là, à moins d'avoir des dons de vision !

Il consulta sa montre. Son absence sur la place risquait

de ne pas passer inaperçue, surtout après la scène de la veille, mais il ne regrettait pas d'être parti. Pire, il angoissait presque à l'idée de revenir au village, pour lui cette fuite avait déjà un avant-goût de liberté.

Avant de reprendre la route, il décida d'appeler Tifanny, il devait la prévenir de sa visite. C'est sa mère qui décrocha à la troisième sonnerie. Sans poser de questions, elle lui passa la petite. Adossé au capot de la voiture, Benjamin mesurait bien le décalage entre les actions qu'il menait (sa retraite précipitée, le sac sous le siège) et le ton protecteur avec lequel il allait devoir aborder l'enfant. C'était comme deux univers parallèles, deux univers qu'il fallait absolument tenir à distance, une règle qu'il enfreignait un peu ce soir. Quand la voix de sa fille résonna dans l'appareil, il se crispa un peu.

— Coucou papa. Ben, on n'est pas lundi ! s'étonna Tiffany.
— Non, pourquoi ?
— Tu appelles toujours le lundi d'habitude.

Une voiture passa au large, Benjamin la suivit du regard, en même temps, il reconsidérait cette histoire de lundi. Il songea qu'il n'avait pas pris de ses nouvelles de toute la semaine.

— Tu as attendu mon appel ?
— Un peu.
— Désolé ma puce, j'ai oublié.
— Tu étais trop occupé ?
— Oui, c'est cela. Mais je vais peut-être pouvoir me rattraper. Demain je ne travaille pas et je voulais venir te voir.
— Demain ?
— Oui.
— Ben, c'est pas possible, répondit Tiffany, catégorique.

— Pourquoi ça ?

— Il y a école demain.

— Vendredi… ah oui, zut.

— Ou alors, tu viens après l'école.

— Tu finis à quelle heure ?

Il y eut un blanc, puis Benjamin entendit une voix chuchoter derrière la petite.

— 4 heures et demie, répéta l'enfant.

— 4 heures et demie, c'est un peu tard. Je serai déjà reparti. Tu ne peux pas rater l'école pour une fois ?

— Non ! protesta Tiffany, comme si on lui avait proposé un pacte avec le diable.

Benjamin fit quelques pas sur le parking à la recherche d'une alternative.

— Et à midi, tu manges où ? demanda-t-il.

— À la maison, avec maman.

— Avec maman ? Juste avec maman ? Il n'y a pas Nicolas ?

— Non, il travaille.

— D'accord. Ça te dit d'aller manger au Mac Do ? Je pourrais venir te chercher à la sortie de l'école.

— Oui, j'aimerais bien. Mais maman ?

— Passe-la-moi, je vais voir avec elle.

Benjamin reformula la demande à son ex-compagne. À l'autre bout du fil, une voix clinique précisa le lieu, l'horaire, et retoqua le Mac Donald pour un snack plus proche et moins bondé. Curieusement, Benjamin ne parvint pas à savoir si elle s'incluait dans le projet de repas, ce qui aurait été tout de même très surprenant. Mais il ne chercha pas la petite bête, le rendez-vous était acté, c'était tout ce qui comptait. Quand il reprit Tiffany au téléphone, il fut fier de lui annoncer la bonne nouvelle.

— C'est arrangé, on se donne rendez-vous demain midi
à la sortie de l'école.
— Maman me dit de te dire que c'est à 11 h 45.
— D'accord, c'est noté.
— On n'a pas le droit d'être en retard, précisa Tiffany.
— Je ne le serai pas, fit Benjamin, heureux de cette pre-
mière. Alors à demain, je t'embrasse bien fort.
— Moi aussi, je te fais des bisous, dit Tiffany.
— 11 h 45, répéta une voix derrière elle.

Après avoir raccroché, il fit encore quelques pas autour
de la voiture, plutôt satisfait de ce dénouement. Mais très
vite, la lassitude le rattrapa, comme si la fatigue accumu-
lée les derniers jours présentait tout à coup ses créances.
Il comprit qu'il n'avait plus de temps à perdre. Il reprit le
volant, monta le volume de la radio et roula d'une traite
jusqu'à la banlieue sud de Valence. Durant la dernière
demi-heure, il eut beaucoup de mal à rester éveillé sur
l'A7 qui remontait vers Lyon. Il lutta du mieux qu'il put,
mais ses paupières s'affaissaient régulièrement et son
corps, à la limite de l'abandon, menaçait à tout moment
d'être emporté par le roulis monocorde. Dans un ultime
effort, il parvint à garer la Clio sur le parking d'un Ibis
Budget en bordure d'autoroute. Valence était encore à
plus de trente kilomètres, mais il n'en pouvait plus. Tel
un automate, il passa à l'accueil, régla la chambre en
liquide, prit possession de la carte magnétique plastifiée
et emprunta l'ascenseur pour grimper au premier étage.
Il tenait à peine sur ses jambes. La pièce qu'il découvrit
était plutôt austère, mais elle avait un grand lit et les
draps sentaient bon la Soupline. Il tira le verrou, déplaça
sommairement les rideaux, se déshabilla, puis s'affala de
tout son long sur le matelas. À l'abri du danger, il s'em-
mitoufla dans la couette blanche et se laissa entraîner au
large. Il n'avait plus à lutter, juste à se laisser emporter
par cette imposante lame de fond.

Le soleil était depuis longtemps entré dans la pièce, striant une partie du sol et apportant une lumière vive, presque crue, qui finit par l'alerter. Dans le couloir, il y avait beaucoup de bruit, des portes claquaient et les éclats de voix se succédaient. Benjamin reprenait doucement pied, après quatorze heures de sommeil consécutif. Cela faisait très longtemps qu'il n'avait pas dormi de la sorte, d'une seule traite, sans même un sursaut. Il fut pourtant rattrapé par un réflexe primaire. Sitôt posé le pied au sol, il se rappela la voiture abandonnée sans précaution, la veille au soir, sur le parking mal éclairé. Affolé, il s'habilla à toute vitesse et sortit en précipitation de la chambre. Il descendit les marches quatre à quatre, manquant de chuter sur le sol carrelé de l'entrée. Heureusement, la Clio était bien à sa place, vitres fermées et portières verrouillées. Sa journée avait commencé par une alerte, il était déjà convaincu qu'il y en aurait bien d'autres.

Il lui restait finalement peu de temps avant de retrouver Tiffany à la sortie de l'école, moins d'une heure trente pour se rendre présentable, gagner le centre de Valence et localiser le groupe scolaire. Il remonta rapidement à la chambre, fit sommairement sa toilette au lavabo, puis commanda aux distributeurs de l'entrée un café lyophilisé et un croissant sous vide.

À 11 h, il quitta la zone industrielle. Il ne connaissait pas vraiment la ville. Il était venu quelquefois chercher Tiffany pour les grandes vacances, mais ne s'était jamais arrêté très longtemps dans la préfecture de la Drôme. Ce matin-là, il observa de manière plus détaillée ses longues avenues et les grands parcs qu'on pouvait apercevoir depuis la route nationale. Grâce au GPS, il localisa facilement l'école de Tiffany. Il gara la voiture dans une rue passante, bien en évidence devant une bijouterie. Comme il avait encore quelques minutes devant lui, il se promena un peu dans le quartier. La circulation continue et les rues habillées de magasins l'intriguaient, c'était tellement animé. Il se demanda ce qu'auraient pensé les Valentinois de son petit village, avec ses rues montantes, ses deux points de commerce, et son bar de la place comme principal lieu de vie. Sans doute que c'était un sympathique lieu de villégiature le temps d'une escapade, et un endroit à fuir le reste de l'année… À 11 h 40, il se posta avec d'autres parents devant l'entrée principale du groupe Jean Jaurès. Cinq minutes plus tard, après une longue sonnerie, il vit arriver sa fille accompagnée d'enfants de sa classe. Tiffany l'aperçut rapidement et lui fit de grands signes de bras auxquels il répondit timidement. Il sentit à cet instant une main se poser sur son épaule, c'était Karen. Il ne l'avait pas vue arriver et eut un petit mouvement de recul.

— Bonjour fit-elle, un peu surprise par sa réaction épidermique.

Benjamin s'efforça de sourire, mais il n'appréciait pas d'avoir été surpris de la sorte. Il ne trouva rien à lui dire, mais remarqua qu'elle avait changé de couleur de cheveux et que cela adoucissait les traits de son visage. Déjà Tiffany s'approchait d'eux. Elle prit son élan et bondit dans les bras de son père, comme un petit écureuil.

— Coucou ma belle ! dit-il en la faisant tournoyer sur place.

La maîtresse venait de refermer les portes, laissant chaque famille repartir avec sa progéniture. Benjamin,

Karen et Tiffany marchèrent jusqu'au fast-food qui faisait l'angle de la rue. Ils commandèrent chacun une formule complète (sandwich/frites/boisson) qu'ils transportèrent dans des sacs en papier jusqu'à un petit parc verdoyant. Dans ce cadre bucolique, ils avalèrent leur menu en silence, conscients que ce moment était devenu rare ces dernières années. De temps à autre, entre deux bouchées, Tiffany faisait une remarque dont elle avait le secret, et père et mère acquiesçaient en souriant. Puis, son repas terminé, l'enfant partit jouer au grand toboggan abandonnant ses deux parents dans un tête-à-tête qu'ils n'avaient pas anticipé. Un peu gêné, Benjamin prolongea exagérément la durée de vie de son Coca-Cola et termina les frites de sa fille, Karen avait pris son téléphone portable et consultait sa messagerie.

— Je suis content de la voir, dit-il enfin, sans espérer de retour.

Mais Karen, pour une fois, semblait prête à engager la conversation. Elle rangea le téléphone dans son sac.

— Elle aussi est contente de te voir, c'est bien que tu puisses venir de temps en temps.

Benjamin profita de l'occasion pour évoquer ses nouvelles perspectives.

— J'aimerais pouvoir me rapprocher.
— D'ici ? Tu veux déménager ?
— Oui.
— Ce serait bien.
—...
— Bien pour Tiffany, précisa Karen.
— Cela va peut-être pouvoir se faire.
— Ah bon ?

Elle paraissait un peu sceptique.

— J'aimerais quitter mon travail, et le village par la même occasion.
— Mais il faudrait que tu trouves un emploi dans le coin.
— C'est faisable, je pense.
— Et l'appartement ? Tu sais que les locations sont plus chères par ici.
— Je sais. Pour le moment, ce n'est qu'un projet.
— Tu lui en as parlé ?
— Non.
— Ne dis rien tant que ce n'est pas sûr, fit Karen, l'air de ne pas trop y croire.

Tiffany revint, avec dans sa main, un trio de pâquerettes. Elle en offrit une à son père, puis confia les deux autres à sa mère.

— C'est pour toi et la maîtresse.

Puis elle repartit en direction d'un long filet tendu en forme de toile d'araignée. D'autres enfants étaient déjà suspendus à la structure.

— Cela ne t'embêterait pas que je vienne habiter dans le coin ? demanda Benjamin.
— Non, pourquoi ?
— Pour rien.
— On s'épuise avec ces allers-retours, elle comme nous. Alors si tu peux le faire, tant mieux ! dit Karen.

Benjamin observa sa fille en position d'acrobate, elle avait l'air de bien se débrouiller dans les mailles de la toile. Lui aussi finalement. Leur conversation s'arrêta là, l'essentiel avait été dit. Karen avait bien fait de choisir ce snack, le temps imparti à la pause déjeuner était vraiment court, au moins ils avaient pu profiter de l'instant.

À 13 h 10, ils raccompagnèrent Tiffany aux portes de son école. Sur le chemin du retour, chacun garda le silence, plongé dans ses pensées. La petite prenait soin de la pâquerette destinée à sa maîtresse et sa mère avait ressorti son téléphone portable. Benjamin, lui, anticipait déjà les heures à venir et le retour au village. L'enfant s'éclipsa bientôt sous un vaste préau, laissant ses deux parents saluer son départ près de la grille. Sitôt la petite hors de vue, Karen tourna les talons, et Benjamin se retrouva seul avec dans le ventre un kebab-frites, la douleur d'une nouvelle séparation, mais aussi le souvenir d'un court moment de partage.

Il avait également une fleur à la main qu'il glissa délicatement à l'intérieur de la poche de son polo. L'intermède était vraiment terminé. Il rejoignit la voiture à pas pesants, il redoutait les événements à venir. Avant de grimper dans la Clio, il jeta un dernier regard autour de lui. Les parcs, les devantures de magasins, les gens, la vie citadine, et sa fille quelque part, qui vivait dans une de ces rues, il espérait pouvoir revenir un jour comme celui-là, par une matinée douce et ensoleillée, avec dans le cœur les perspectives d'une vie meilleure. Mais pour le moment, il avait une dernière partie à jouer.

Comme prévu, sitôt quittées les portes de la ville, les grilles se refermèrent une à une derrière lui. La barrière de péage, le pont de Bagnols-sur-Cèze, les premiers méandres de la départementale, le panneau Aubenas ; à chaque nouvelle étape, c'était comme si on donnait un tour de clé supplémentaire. Lorsque la route s'éleva à nouveau et qu'il attaqua la première série de virages, il sut qu'il était définitivement revenu dans la souricière. Il pénétra dans le village en milieu d'après-midi, la boule au ventre. Le ciel était redevenu gris, presque menaçant

par endroits, comme Valence paraissait loin tout à coup ! Mais il n'était pas au bout de sa sinistrose. Nerveux, il fit tourner la clé dans la serrure et poussa doucement la porte de l'appartement, une main prête à intercepter la bande plastique qui devait tomber vers le sol. Mais sa paume n'attrapa que le courant d'air. La languette avait disparu, volatilisée comme par magie. Il ne laissa pas à la peur le temps de s'installer, il fit immédiatement le tour de l'appartement, d'un pas militaire. Les pièces étaient toutes vides. Revenu dans l'entrée, il s'agenouilla et scruta attentivement le parquet à la recherche du morceau de plastique. Il finit par retrouver sa trace sous le meuble à chaussures, il avait dû glisser là quand…
Il renonça à cette dernière projection et préféra poursuivre l'inspection. Il se rapprocha du faux plafond, détailla le pas de vis qui semblait intact puis refit le tour du propriétaire sans relever aucun signe d'infraction. Tout paraissait bien en ordre. Il finit par douter de la validité de son postulat. C'est vrai qu'il n'était porté que par une languette souple égarée sous un meuble.
L'envie restait forte cependant de retourner à la voiture et de démarrer en trombe avec les 200 000 euros dissimulés sous le siège arrière. Il songea à la nuit qu'il venait de passer, au sommeil profond et réparateur qu'il avait retrouvé loin de cet endroit. Il pouvait renouer avec ces sensations dès ce soir s'il le voulait.
Il se raisonna avant que l'émotion ne l'emporte. Il était encore trop tôt pour cette solution extrême. La fuite immédiate, sans même monter sur la place, sonnerait comme un aveu définitif. Comme un joueur de poker, il avait payé pour voir, et il n'avait pas lésiné sur les moyens. Il avait pratiquement fait tapis, avançant deux millions sept cent mille euros sur la table. Partir à présent, sans même savoir si quelqu'un avait mordu à son hameçon, c'était la solution de facilité. Au contraire, il devait mener le jeu et affronter les regards suspicieux. Si

la main finale ne lui était pas favorable, il serait alors temps de plier bagage.

À 17 h 45, il se décida à quitter l'appartement. Il ne prit même pas la peine de se changer, pas de survêtement ridicule ce soir, il conserva son ensemble polo/jean/basket plutôt chic du midi. Tant pis pour son image de marque, de toute manière les dés étaient jetés, il pouvait arrêter ces associations ridicules. Durant la montée, il surveilla son cœur qui s'était encore accéléré, et ce n'était pas seulement à cause du pourcentage élevé. Sur la place, il repéra immédiatement Cameron au milieu du groupe de joueurs. Il évita de regarder dans cette direction et s'approcha discrètement du terrain, se contentant d'un bref signe de tête près du banc.
Louka n'était pas encore arrivé, mais allait-il vraiment venir ? Dans moins de quinze minutes tomberait le couperet. L'autre, après ces dernières heures mouvementées, trouverait-il la force pour se traîner jusque-là ?
Conscient qu'il était trop faible pour soutenir le face-à-face, Benjamin évita de croiser le regard de Cameron. Il se contentait de fixer la ligne d'horizon, comme absorbé par ses pensées. De temps en temps, et seulement lorsque c'était à Cameron de jouer, il osait un rapide coup d'œil en direction du terrain. L'as de la pétanque paraissait si sérieux ce soir, quelque chose avait changé dans son attitude, son visage s'était fermé et il ne plaisantait pas beaucoup avec ses camarades de jeu. Benjamin ne manqua pas non plus de remarquer l'absence de la belle Samantha, il s'en félicita presque, cela faisait une menace de moins. Il devinait que son mari ne tarderait pas à se rapprocher, sans doute dès que la partie en cours serait terminée. Par chance, la rencontre venait tout juste de débuter, cela laissait encore le temps à Louka d'arriver et de faire son numéro. Mais vingt minutes plus tard, l'espoir s'était réduit comme peau de chagrin.

À 18 h passées, l'autre manquait toujours à l'appel, ce n'était pas dans ses habitudes, mais peut-être que celles-ci avaient changé, il y avait même de très bonnes raisons à cela. Benjamin songea un instant à quitter définitivement la place, à fuir immédiatement en laissant tout en plan. Cameron n'aurait pas le temps de s'organiser. En moins de deux minutes, il pouvait rejoindre la Clio garée dans l'impasse, les clés étaient dans sa poche, et dans une heure au plus, il roulerait sur l'A7 qui descendait vers le sud. Il fallait maintenant prendre une décision, car il avait bien compris que le statu quo était total, rien n'avait changé depuis hier après-midi, il restait toujours dans leur collimateur. C'est à cet instant précis que la démarche raide de Louka fit son apparition au bout de la place. La vision n'avait rien de divine. Les traits tirés, le regard noir, lui aussi avait changé d'apparence. On aurait dit un arc tendu qui peinait à maintenir une direction. Mâchoire serrée, il salua rapidement son monde puis partit directement au bar. Il revint quelques instants plus tard avec un plateau chargé de boissons et surtout une bouteille de whisky qu'il se chargea d'étrenner. Il éclusa un verre, puis deux, tandis que la partie se poursuivait.
Cameron ne semblait pas s'en préoccuper. Pourtant, près de la table, Louka s'était mis à parler seul à haute voix, mais personne ne releva. Benjamin hésitait encore à rester. Que faire avec tout cela ? Comment redistribuer les rôles ?
Soudain, peut-être sonné par la brusque arrivée d'alcool, l'autre vint s'asseoir à ses côtés. Ce n'était pas pour converser, d'ailleurs il ne prêta aucune attention à Benjamin. En fait, il semblait vraiment ailleurs, considérant la rencontre en cours avec un certain dédain et persiflant, comme souvent, après chaque tentative manquée, mais son débit était encore plus haché et décousu que d'habitude.
Le score avançait dangereusement, il était à présent de

10 à 6 en faveur de l'équipe d'André, plus que trois petits points avant l'arrêt tant redouté. Benjamin rencontra alors le visage sévère de Cameron qui s'était positionné face à eux. Imperturbable et glacial, ce dernier ne répondit pas à son timide rictus. Benjamin finit par détourner le regard et baissa la tête, presque résigné. Dans la poche de son polo, il aperçut alors la petite pâquerette recroquevillée que lui avait offerte Tiffany quelques heures auparavant. Une bouffée d'angoisse le submergea. Il fallait faire quelque chose et vite, sinon ce serait l'exil définitif loin de sa fille. L'idée que le repas de midi était peut-être le dernier qu'ils aient partagé ensemble le révulsa.

Il agit alors mécaniquement, guidé par son seul instinct de survie. Celui-ci ordonna chacune des actions à suivre. Il se leva d'un bond et fila en direction du bar. Il s'isola dans une des toilettes, prit son téléphone portable dans le creux de sa main et frappa deux fois ce dernier sur la vasque du lavabo. La vitre finit par se fendiller. Il asséna un dernier coup pour amplifier la brisure puis éteignit l'appareil. Il sortit ensuite de la cabine, replaça le téléphone dans sa poche, et rejoignit Louka sur le banc. La partie venait de se terminer, l'autre ne l'avait même pas remarqué, il marmonnait encore dans sa barbe. Benjamin avait l'impression que son état s'était considérablement dégradé depuis leur dernière « rencontre », en lisière de la forêt.

Il se passa quelques secondes à peine avant que Cameron ne s'approche d'eux. Il salua d'abord Louka, qui ne répondit pas, puis esquissa un pas de côté en direction de Benjamin.

— Ça va ? demanda-t-il, faussement inquiet.

Mais avant qu'il ne commence à tisser sa toile, Benjamin décida de contrer.

— Impeccable. Enfin, un petit souci quand même.
— Ah bon ?
— Et justement, je voulais te voir.
— Tiens donc ?

Il sortit de sa poche le téléphone à la vitre brisée.

— Une mauvaise chute, il n'a plus l'air de fonctionner.
Je voulais savoir si ta proposition tenait encore ?

Il pria à cet instant pour que Louka ne déserte pas le
banc, mais l'autre, perdu dans ses pensées éthyliques,
avait plutôt l'air assommé.

— Bien sûr, reprit Cameron, sortant de sa poche la
feuille en couleur qui ne le quittait jamais. Et justement,
j'ai deux nouveaux modèles qui sont rentrés. Pas donnés,
mais ce sont de supers appareils. Celui-là est à
1 400 euros, l'autre est à 1 600.
— 1 400 ! s'exclama Benjamin, assez fort pour être
entendu. Non, c'est trop pour moi.

Et après un temps de latence, il ajouta, sur un ton résigné.

— Je n'ai pas les moyens.

Cameron désigna immédiatement deux nouveaux téléphones à des prix plus abordables.

— Ceux-là alors, 860 pour le Samsung doré ou 900 pour
la version noire métallisée. Ce sont deux modèles très
tendance !
— J'en doute pas. Mais c'est encore trop cher.
Cameron plissa les yeux, on le sentait un peu agacé. Il
devait se demander où on cherchait à l'amener. Benja-

min avait sa petite idée sur la question, mais c'était mal parti, imbibé comme il l'était, Louka comprenait-il seulement ce qu'ils se disaient ? Il attendit quand même un peu avant de poser le même constat fataliste, en insistant bien sur chaque mot.

— J'ai vraiment pas les moyens Cameron.

À sa gauche, il sentit un mouvement dans leur direction. L'autre sortait enfin de sa torpeur.

— Il est où le modèle à 1 600 ? éructa-t-il avec son haleine chargée de whisky.

Cameron releva à peine. Il lui tendit négligemment la feuille en désignant du doigt le portable gris moucheté. Il conservait pour l'instant les yeux rivés vers Benjamin et n'avait pas l'air de prêter attention aux propos sans conséquence d'un homme sous l'emprise de la boisson.

— Moi, ça m'intéresse ! fit Louka en se redressant subitement. Et je peux payer tout de suite, ajouta-t-il en toisant Benjamin.

Il affichait un vilain sourire, celui qu'il parvenait à masquer lorsqu'il n'avait pas bu. Cette fois, Cameron parut reconsidérer l'affaire, mais de manière encore un peu distante, comme un professionnel qui déroule son argumentaire.

— Vrai ? dit-il. C'est un modèle quasiment introuvable en France. Il est à la pointe de la technologie.
— Je serai un… un des seuls à l'avoir ?
— Le seul de la région, je te le certifie.
— Et celui-là ? interrogea l'autre, la tête plongée dans le document.
— À peu de choses près les mêmes performances. C'est

son design qui le rend particulier. Mais il est un peu plus cher.

— T'inquiètes pas pour ça, fit Louka.

— De belles rentrées dernièrement ?

— Tu peux pas savoir…

À cet instant, Samantha fit irruption derrière eux. Avec ses cheveux encore humides, elle paraissait sortir de la douche.

— Épuisant la course à pied, fit-elle en s'approchant de son mari.

Mais Cameron fit un petit geste de la main, presque imperceptible, et elle se tut immédiatement. Il évaluait encore Louka, son état général et la part de whisky dans ses propos désordonnés.

— Notre ami est intéressé par ce modèle, dit-il en pointant la feuille. Tu pourrais vérifier les délais pour l'acheminement ?

— Pas de soucis, je regarde ça immédiatement. Super choix Louka, fit-elle en clignant des yeux. Je ne sais pas si Cameron t'a parlé des possibilités de paiement.

— L'argent, c'est pas un problème, coupa l'autre, dédaigneux.

— Bien ! fit Samantha, admirative.

Une nouvelle partie de pétanque allait débuter. À l'appel d'André, Louka se leva difficilement. Cameron lui emboîta le pas, il ne semblait plus vouloir le lâcher. Juste avant la constitution des deux équipes, il lui glissa encore quelques mots à l'oreille. Benjamin entendit seulement la réponse de Louka qui accrocha un peu sur la dernière syllabe.

— Pas de soucis. Si tu préfè… res, fit-il.

Que lui avait-il demandé ? Avec un peu de chance, un paiement en liquide.

Benjamin, resté sur le banc, assista au début de la rencontre. À tour de rôle, Samantha et Cameron venaient sonder le nouveau riche qui avait retrouvé une certaine vigueur depuis sa mise en lumière. Certains mots avaient parfois du mal à sortir, mais il tenait encore debout et conservait intact cet imbécile besoin de parader. Benjamin, qui faisait tourner sa petite fleur entre ses doigts, voulait s'assurer que le poisson était bien ferré. Son téléphone brisé n'intéressait plus grand monde à présent, mais ce n'était pas encore suffisant. Cameron continuait à travailler Louka au corps, dans le registre de la confidence, mais l'autre avait du mal à se concentrer, partagé entre la table de boisson et la partie en cours. Pourtant, un de ses propos, consenti lors d'un changement de main, finit par alerter son prévenant partenaire. Bien sûr, Benjamin n'avait pas saisi les mots prononcés à voix basse par un Louka en voie de décomposition, mais la réaction de Cameron fut assez nette. Comme un chien de chasse marquant l'arrêt, durant une poignée de secondes, son visage se fit grave, presque dur, avant de revenir à son naturel charmeur. Benjamin était peut-être le seul à avoir aperçu la fugace métamorphose. Que lui avait dit l'autre ? Quelle nouvelle imprudence avait-il donc commise ? Ce n'était maintenant plus son problème. Le vent venait de tourner et Benjamin, sur cette entrefaite, décida de quitter la place, laissant cette rencontre se terminer sans lui. Il n'était plus d'aucune utilité à présent.

Il passa cette nuit-là allongé sur son canapé, la télévision allumée en guise de partenaire, souvent sans le son. Il ne savait pas ce que Cameron, Samantha et Louka avaient fait du reste de leur soirée, mais une chose était sûre, le trio s'était rapproché, et dans l'état où se trouvait l'autre, ils n'avaient pas dû pousser bien fort pour obtenir les premières révélations. Mais à tort ou à raison, Benjamin se sentait encore sous la menace d'une visite éclair ou d'un nouveau tête-à-tête piégeux. C'est pour cela qu'il avait laissé le magot sous le siège arrière de la voiture, pour pouvoir décamper à toute vitesse en cas de besoin. Il demeura ainsi dans l'attente une bonne partie de la nuit, alternant la position couchée et les allers-retours à la fenêtre. C'était encore compliqué de tourner la page, de se dire qu'il n'était plus la proie.

Il se détendit tout de même un peu lorsque les aiguilles de l'horloge passèrent le seuil fatidique de minuit, ce qui était assez idiot, mais l'idée qu'une nouvelle journée commençait avait pour lui valeur de symbole.

D'ailleurs, ce samedi passé à l'appartement fila assez rapidement. C'était bien le but. En attendant de retrouver tout son petit monde, Benjamin s'appliqua à occuper son esprit par des tâches aussi variées que le ménage du salon, les jeux en ligne sur internet ou la réparation de son meuble à chaussures, le tout entrecoupé de courtes siestes réparatrices qu'il s'aménageait à intervalles réguliers. Il réussit ainsi à faire défiler les heures, sans repenser à l'épisode de la veille ni anticiper celui qui allait suivre. En fin d'après-midi, il prit tranquillement sa douche et s'attarda encore un peu devant l'écran d'ordinateur. Il pouvait prendre son temps avant de monter dans le haut du village. Ce soir, il n'y avait pas de pétanque au programme, la place était réquisitionnée pour la fête des viticulteurs. Benjamin savait que la plupart des villageois seraient présents à la manifestation, c'était un moment de partage qui n'avait lieu qu'une fois dans l'année, mais aussi un temps de libations où le vin coulait à flots. Louka n'avait jamais manqué une édition, il viendrait forcément, la force de l'habitude. Et s'il était présent, Cameron et Samantha ne seraient sans doute pas très loin.

Vers 20 heures, il se prépara à sortir. Il se couvrit d'un chandail léger, prit avec lui un peu de monnaie, et s'engagea dans la côte, accompagné cette fois par un couple d'une rue voisine. Il conversa avec eux jusqu'à la place déjà chargée de monde. Autour de la fontaine avaient été dressés trois petits chapiteaux représentant les vignobles de la région. Chacun d'entre eux proposait ses derniers crus à la dégustation. Il y avait également deux stands promouvant la charcuterie locale et un étal de bières artisanales. La plupart des hommes se trouvaient agglutinés autour des exposants viticoles, l'ambiance était plutôt feutrée, on ne parlait pas encore trop fort.

Benjamin se dirigea vers le bar de Michel, qui pour l'occasion avait agrandi sa terrasse. Il commanda un diabolo fraise et s'accouda seul près d'un tonneau en bois. Il préférait demeurer en retrait pour le moment. Il avait repéré André, attablé en famille, et Christophe debout près de l'étal de bière, mais ce n'était pas ce qui l'intéressait. Il attendait patiemment, dissimulé derrière sa futaille, l'entrée en scène des acteurs principaux. Il ne fut pas déçu du spectacle.

L'attente fut brève, cinq minutes à peine, avant que Louka ne sorte en titubant de la première tente, celle consacrée aux Côtes du Vivarais. Samantha était collée à lui. Littéralement. Elle avait une main posée sur son épaule et l'autre qui semblait vouloir contenir un rire irrépressible, car de toute évidence, elle s'amusait comme une petite folle. Louka fit quelques pas en direction du bar avant de renoncer, il faut dire qu'il ne marchait déjà plus très droit. Il se rapprocha finalement de la tente voisine, et comme il y avait un peu d'attente, il en profita pour sortir son tout nouveau téléphone portable. Il exhiba à la vue de tous sa nouvelle merveille technologique, un petit bijou de 8 pouces facturé au prix fort, une victoire par KO sur la faune environnante. Ce n'était pas la groupie pendue à son bras qui allait dire le contraire. Avec de tels attributs à ses côtés, Louka se sentait pousser des ailes. Il se fraya d'autorité un chemin à travers la foule compacte, non sans provoquer quelques murmures de protestation, et revint avec deux verres de Saint-Joseph à la main. Rien ne semblait devoir lui résister ce soir. Il se posta devant la belle qui jouait magnifiquement l'admiration face au mâle alpha. Ensemble, ils portèrent un toast, on ne sait trop à quoi. Benjamin avait bien remarqué l'absence de Cameron. Il mit un certain temps à le débusquer. Il conversait avec les jeunes du village tout au bout de la place et ne semblait pas trop se préoccuper du devenir de son épouse. Benjamin aurait volontiers dit qu'il lui laissait le champ libre. C'est elle en tout cas qui veillait sur Louka.

Celui-ci continuait à parader au milieu de la foule circonspecte, cet imbécile exposait à tous ceux qui se présentaient son fameux téléphone « introuvable » en France.

Dire que ce simple Gimmick avait su emporter la mise. Est-ce qu'il avait suivi la suggestion de Cameron et réglé l'achat en liquide ? Avait-il commis l'imprudence d'utiliser une partie du magot ? Il ne voyait pas l'autre éviter ces deux écueils.

Depuis trop longtemps dominé par l'alcool, il avait perdu toute capacité d'analyse. Et Samantha l'entraînait volontiers sur ce terrain glissant, l'encourageant à boire et à se confier. Bien qu'en retrait, Cameron ne perdait rien du détail des opérations. Benjamin évitait quand même de trop regarder dans sa direction. Ce type-là était doté d'un sixième sens et pouvait encore détecter un comportement suspect. Pourquoi se mettre inutilement en danger ? L'affaire de toute façon semblait bien engagée.

Le nouveau couple voletait d'une tente à l'autre, sans se soucier du regard des gens, le malheur n'était plus très loin.

Benjamin décida de quitter son observatoire. Il retrouva Christophe et ses amis au stand de bières. Il commanda une ambrée et se joignit à leur conversation. Pour la première fois depuis bien longtemps, il se laissa même aller à quelques traits d'humour. Comme son estomac semblait également se réveiller, il partit chercher une saucisse-frites au comptoir et se rapprocha d'André qui l'invita à s'asseoir à sa table.

Après deux heures passées sur la place, il constata avec plaisir que personne n'était venu l'importuner, ni Samantha pour une course à pied matinale, ni son mari pour une nouvelle offre miraculeuse. Pourtant, il avait toujours une vitre de téléphone brisée au fond de la poche et une tendinite en voie de guérison, mais c'était sans doute que les choses rentraient dans l'ordre. Au moment de quitter la fête, il put s'autoriser un dernier regard en direction du trio. Samantha, toujours aussi altière, paraissait soutenir Louka, recroquevillé sur son verre. Et Cameron qui s'était rapproché d'eux, insidieusement, comme le serpent qu'il était. Avant de tourner définitivement les talons, Benjamin eut une pensée pour le corps empli d'orgueil, d'alcool et de malheur, qu'il abandonnait entre leurs mains. Et l'espace d'une seconde, il se rappela qu'il avait autrefois côtoyé l'âme torturée qui le pilotait.

7

La nuit était déjà bien avancée. La fraîcheur qui s'était installée maintenait Louka en éveil et l'aidait encore à tenir debout. En traversant le jardin, il considéra son terrain attaqué par les ronces, la haie mal taillée, et le potager tombé en désuétude depuis le départ de sa femme. Tout cela manquait d'entretien. Il aurait tellement aimé être accompagné ce soir, offrir enfin une fragrance féminine à cette vaste demeure, mais cette allumeuse de Samantha lui avait filé entre les pattes. Elle avait peut-être eu peur de la réaction de son époux. Il avait pourtant fait ce qu'il fallait. Il avait sorti les billets, réglé les tournées, lui avait fait miroiter d'autres perspectives que celles promises par son besogneux mari. Parce que ce Cameron avait beau avoir une belle gueule, il ne possédait pas deux millions sept planqués dans le coffre de la penderie.

Louka se promit de revenir à la charge, cette fille était quand même une sacrée bombe, et il l'aurait bien fait exploser dans la soie fine de ses draps.

Il approcha en titubant de l'entrée mal éclairée, voilà encore une ampoule qu'il faudrait penser à changer. Il fit tourner la clé dans la serrure et pénétra dans le salon plongé dans le noir. Perdu dans ses pensées, il ne chercha même pas à allumer la pièce. Il ne savait plus si cette découverte était vraiment une bonne nouvelle. En vérité, il n'en avait rien à foutre de cet argent. C'était un élément de plus qui allait encore accélérer le manège sur lequel il était embarqué. Et ça tournait drôlement vite autour de lui depuis quelques années. Les rasades de whisky avaient le don d'amplifier chaque mouvement de roue, et il s'y entendait pour alimenter la machine. Il s'enfonça dans le grand fauteuil en cuir, celui qui avait appartenu à son père.

Demain peut-être, au réveil, quand sa lucidité serait revenue, demain, oui, il faudrait réfléchir à tout cela. Et prendre enfin les bonnes décisions, s'il en avait toujours la force et l'envie. Il maugréa quelque chose que lui-même eut du mal à saisir. Depuis quelques mois, c'était inquiétant, il lui arrivait de parler seul à haute voix.

Dans la cuisine, il y eut comme un grincement de porte. Louka hésita à se lever, il y avait tellement de choses qui se baladaient dans sa tête, mais le bruit se répéta, plus aigu cette fois. Il finit par se redresser, chancelant sur son fauteuil, mais il n'eut pas le temps d'esquisser un nouveau geste. Il fut soudain tiré sur le côté par une force quasi animale.

8

Ils étaient tous attablés à la terrasse du bar, la mine défaite. Benjamin s'était joint à eux. Personne ne voulait prendre la parole. Le sujet était délicat. Chacun pressentait que quelque chose de grave était arrivé, mais qui aller oser formuler l'inconcevable ?

— Il parait qu'on l'a aperçu mardi soir à Vals-les-bains, dit finalement Christophe.
— C'est des conneries ! coupa André. Je connais le petit con qui colporte la rumeur. Il veut se rendre intéressant.
— Mais alors, il est passé où ? demanda un autre.

André, le sage du village, leva les yeux au ciel.

— C'est pas compliqué à comprendre. Il a flirté avec l'autre aguicheuse, et son mari l'a mal pris. Il a dû y avoir dispute et échange de coups. On connaît Louka. Quand il a un coup dans le nez, il peut être sacrément chiant aussi.

Il en parlait encore au présent, comme s'il y avait vraiment espoir de le revoir. Mais la gendarmerie, elle, subodorait le pire. Depuis la disparition simultanée des trois protagonistes, le crime passionnel était devenu une piste privilégiée.

— Qu'est-ce qu'ont dit les gendarmes ? demanda Benjamin.
— Ceux d'Aubenas ? fit André. Ils n'ont rien trouvé. Ils ont voulu voir le contrat de location de la mère Fernand, mais les noms donnés n'étaient pas dans leur fichier. Ils pensent qu'ils étaient tous les deux sous fausse identité, des noms d'emprunt.
— Elle n'avait pas demandé des fiches de paie ?
— Bah, tu connais la mère Fernand.
— Putain, on s'est fait avoir sur toute la ligne, grogna Christophe.

Les gars hochèrent la tête, ils se mettaient tous dans le même panier. Ils semblaient autant meurtris par la disparition de Louka que par l'idée de s'être fait duper, plus facilement encore que la vieille logeuse. Tous avaient sympathisé avec le dénommé Cameron et goûté les minauderies de sa femme, pour finalement découvrir que tout cela n'était que du vent. L'un comme l'autre étaient factices, et devaient le rester puisque les autorités judiciaires semblaient bien incapables de remonter leurs traces. Jusqu'à présent, personne n'avait fait le rapprochement avec le braquage d'Aubenas, ni les forces de l'ordre ni les habitants du village. Pour tout le monde, il était clair qu'il s'était passé quelque chose entre Louka et Samantha à la fête viticole. On les avait vus flirter ensemble une bonne partie de la soirée, ils n'avaient même pas pris la peine de se cacher. La suite, on la devinait, elle était tristement banale : une explication qui tourne mal, un coup malheureux, et la fuite devenue inévitable pour le mystérieux couple. Les gendarmes, en tout cas, avaient l'air de se satisfaire de cette version, d'autant qu'ils n'avaient rien trouvé dans la villa de Louka qui puisse les orienter sur une autre piste.

— N'empêche, ce type, c'était un sacré joueur de pétanque, osa un des jeunes, s'attirant immédiatement la foudre de Christophe.

— Qu'est-ce qu'on en a à foutre ! Tu ferais mieux de la fermer !

Le jeune se ratatina sur sa chaise, confus de sa maladresse.

— Du calme ! fit André. Personne ne sait vraiment ce qui s'est passé. Il faut encore attendre, ça ne fait que quatre jours.

— Non cinq, dit Christophe en fixant le terrain de boules abandonné. Bordel, il est où ce con !

Il secoua la tête, comme s'il n'y croyait plus trop. Benjamin était frappé par la détresse qui se lisait sur certains visages. André comme Christophe semblaient vraiment touchés par la disparition de Louka. Même défaillant et irritant, celui-ci restait un enfant du village, un gosse caractériel que les anciens se reprochaient de n'avoir pas su mieux protéger. Benjamin se dit que les choses finiraient bien par se tasser, c'était le sens de la vie. Tôt ou tard, ils reprendraient le chemin du terrain de boules, et c'est sans doute André, le doyen, qui initierait le mouvement. Un soir, il se lèverait de sa chaise et donnerait le signal, les autres lui emboîteraient le pas. Benjamin ne serait sans doute pas là pour les accompagner. Depuis les derniers événements, il n'avait qu'une envie, celle de fuir rapidement le village et tous ces faciès éplorés qui le ramenaient à son choix meurtrier. Il voyait bien qu'un poids nouveau était en train de prendre la place, encore chaude, de l'ancien. Il était hors de question de se laisser contaminer par toutes ces jérémiades. Il voulait garder intacte en mémoire l'image de Louka : ce buveur impénitent, voleur et vaniteux, cet homme qui l'avait attiré dans un traquenard immobilier et s'amusait régulièrement de ses faiblesses. Une teigne qui avait failli causer sa perte, d'une langue trop bien pendue et d'un dédain volontiers assumé. Non, il ne regrettait pas son geste et il n'avait pas l'intention de compter les jours avec les autres. C'était maintenant à lui d'annoncer qu'une autre page allait se tourner !

Mais par où commencer ? Dans la commode, il avait pris une feuille blanche et un crayon feutre noir. Il les avait disposés solennellement devant lui, comme s'il projetait d'y écrire son avenir. Mais il voulait surtout tracer les grandes lignes de son plan d'action, plan qu'il ferait ensuite brûler dans l'évier de sa salle de bains. Premier point essentiel, il avait besoin d'argent, c'était le nerf de la guerre. Il fallait d'ores et déjà songer à organiser de nouvelles journées de « récolte », et pour ces escapades à venir, penser à alterner les départements. Il avait encore besoin d'un cheval de Troie pour opérer son changement de vie. Pour chacune de ses virées, il planifiait six à sept visites le matin et autant l'après-midi. Une journée de « travail » pouvait donc facilement lui rapporter 400 euros, et en étalant les sorties sur quelques semaines, il espérait récolter plus de 3 000 euros. Cela devait suffire pour amorcer le mouvement. Avec cette somme, il pourrait se mettre en quête d'un nouvel appartement sur Valence. Sa tâche s'en trouverait facilitée s'il était en mesure de régler deux ou trois mois d'acompte. Pour la question de l'emploi, c'était plus simple. Il poserait son préavis de départ à l'usine et s'inscrirait dans la foulée au pôle emploi de Valence. Il finirait bien par obtenir un intérim de quelques heures. Il suffirait alors de raconter à Karen qu'il s'agissait d'un poste plein, correctement rémunéré, ni elle ni personne n'irait vérifier la teneur du contrat. Une fois installé là-bas, il vivrait sur ses économies durant quelques mois, le temps de se fixer un nouveau plan de route. Le timing pouvait poser question, mais personne n'irait lui reprocher de quitter le village pour se rapprocher de sa fille. C'était dans l'ordre des choses, comme abandonner un emploi de manœuvre dans une région en voie de désertification pour rejoindre le marché urbain. Tout le monde comprendrait que sa vie était ailleurs.

Il lui restait maintenant à poser une date. Il prit le calendrier sur la table, parcourut attentivement les mois de mai et juin et entoura la ligne qui s'imposait. 22 juin, un jeudi, le jour du spectacle de Tiffany, soit un peu moins de deux mois pour tout mettre en place. Il saisit ensuite la feuille noircie de chiffres, la chiffonna méticuleusement puis la fit brûler dans le lavabo de la salle de bains. Il ne resta bientôt qu'un peu de cendres noircies dans l'évier, des résidus qu'il évacua avec un filet d'eau froide.

9

— Je ne trouve plus ma couronne, gémit Tiffany.

Benjamin reposa l'assiette sur l'égouttoir et rejoignit l'enfant dans sa chambre.

— Regarde sous la robe, j'ai tout mis ensemble.

La petite souleva un des plis de la majestueuse traînée qu'elle allait bientôt revêtir, puis secoua la tête de dépit.

— Non, il n'y a rien. Je ne peux pas y aller si je n'ai pas la couronne !

Benjamin nota ces inflexions nouvelles. Tiffany commençait enfin à donner de la voix. Il y avait même eu une tentative de rébellion avant-hier au moment du dessert. Sur le coup, il s'en était réjoui, mais ce serait bientôt à lui de recadrer cela dans un juste rapport.

— Laisse-moi voir, dit-il en saisissant la robe des deux mains.

Il souleva l'étoffe et l'objet tant recherché dégringola immédiatement sur le lit.

— Là voilà ! fit-elle, toute fière de sa trouvaille.
— Tu vois, je te l'avais dit. Bon, tu es prête ?
— Oui !
— Tu es en forme ?

La petite sourit et secoua énergiquement la tête.

— Ça va être un beau spectacle, prédit Benjamin.
— Maman et Nicolas nous rejoignent à la salle ?
— Oui, ils nous retrouvent là-bas. Je n'ai plus qu'à terminer dans la cuisine et on y va.

Benjamin retourna nettoyer les assiettes et les couverts laissés en plan dans l'évier. Le lave-vaisselle devait être livré le lundi suivant, avec le reste du matériel. Il n'avait presque rien gardé de sa vie d'avant, même le frigo américain avait disparu du paysage. Son nouvel appartement n'était guère plus grand que l'ancien, mais il donnait sur un charmant petit parc et se trouvait ensoleillé une bonne partie de l'après-midi. Et surtout, il était situé à cinq cent mètres à peine de l'école de sa fille. À midi, elle avait pu venir manger ici, pour la troisième fois depuis qu'il avait emménagé.

À 18 h précises, ils descendirent les escaliers et empruntèrent la rue du Four qui menait à la salle de spectacle. Benjamin commençait doucement à appréhender son nouvel environnement : le centre-ville, les vastes zones commerciales, la vie nocturne. Tout s'était passé comme prévu. Il avait rapidement déniché deux contrats précaires à l'agence d'intérim, un CDD de six heures pour un KFC de la périphérie nord et un autre de huit heures pour une société de gardiennage. Deux emplois aussi déprimants que l'ancien, mais qui n'occupaient qu'une partie de sa semaine, cela lui laissait largement le temps de découvrir la meilleure façon de rendre actif les

193 000 euros dissimulés dans la protection du volet roulant. Il voulait trouver le moyen d'alimenter régulièrement son compte sans éveiller les soupçons, parce que régler la totalité des achats en liquide devenait contraignant. La mode était aux auto-entrepreneurs, c'était sans doute une piste à creuser. À terme, il souhaitait redevenir propriétaire pour s'alléger de la charge du loyer. Il trouverait bien une façon ensuite de rentabiliser la somme restante (il tablait sur 80 000 euros).
Il avait perdu espoir de mener la grande vie puisqu'il avait sciemment rendu ce qui aurait pu le conduire vers les concessionnaires Ferrari et les palaces de la Côte d'Azur, mais il lui restait largement de quoi se bâtir une nouvelle existence, ici à Valence, près de sa fille.

Tiffany le tira par la manche, elle avait tellement peur d'être en retard. Il n'y avait pourtant pas de quoi s'inquiéter, la salle ne se trouvait qu'à quelques minutes de marche. Benjamin pressa le pas pour lui faire plaisir. Il avait finalement tenu sa promesse, être présent le jour de son spectacle. Et après la représentation, il n'aurait pas à s'imposer deux heures de route pour retourner au village. D'ailleurs, il n'y mettrait sans doute plus jamais les pieds. Il était pourtant parti avec les encouragements émus des anciens, André surtout y avait mis les formes.
Même à l'usine, ils lui avaient organisé une jolie fête, les cœurs étaient nobles dans cette partie du pays. Ils ne pouvaient pas se douter que Benjamin ne laissait pas seulement derrière lui tout un pan de vie, il abandonnait aussi des nuits sans sommeil, de longues heures teintées d'angoisse, et surtout la mémoire d'une tombe fantôme.

Il serra un peu plus la main de Tiffany. La ligne droite lui paraissait sans danger, mais il voulait garder l'enfant près de lui. Il n'avait pas complètement abandonné ses réflexes sécuritaires.

— Tu vas être assis où ? demanda-t-elle soudain, avec son art des questions existentielles.

— Devant, enfin là où il y aura de la place, répondit son père.

— Et tu vas me filmer ?

— Non, c'est maman qui va s'occuper de ça. Je crois qu'elle a déjà réservé un siège.

— D'accord, fit la petite, l'air songeur. De toute façon, la maîtresse aussi a une caméra, elle a dit…

La fin de sa phrase fut couverte par un rugissement sourd, immédiatement suivi d'un crissement de pneus, sec et aigu. Le sang de Benjamin ne fit qu'un tour. Il tira Tiffany par le bras, sans aucune forme de ménagement. La petite se retrouva collée contre son flanc, tête à l'abri sous son coude. Il se retourna, prêt à faire face, mais la voiture, une Ford Fiesta rouge à l'aile droite cabossée, reprit sa course en avant. Elle dépassa le duo pétrifié, et poursuivit tranquillement sa route. À l'intérieur de l'habitacle, il aperçut une femme d'un certain âge pointant du doigt un jeune homme tête basse. Puis il reconnut le logo collé à l'arrière du véhicule, deux conducteurs côte à côte sur fond blanc, le signe de la conduite accompagnée. Le jeune imprudent obliqua à gauche, juste après le stop. Tiffany était en train de se masser l'épaule, son père s'efforçait de sourire, comme si de rien n'était. Il tourna la tête pour s'assurer que le danger s'était bien éloigné. Benjamin considéra aussi ce nouvel environnement urbain, tout en mouvement, qu'il lui faudrait apprendre à dominer. Il y avait également ces insomnies persistantes et ces prénoms qu'il ne parvenait pas à oublier. Certaines amarres, enterrées en profondeur, seraient difficiles à détacher, mais pour ce dernier combat, il n'était plus seul.

Sa fille, doucement, le prit par la main. Elle s'inquiétait de l'heure du spectacle. Elle tira son père en avant, et ensemble, ils s'engagèrent sur le passage protégé.